PÉTER ESTERHÁZY

uma mulher

tradução e posfácio
Paulo Schiller

COSACNAIFY

uma mulher

PÉTER ESTERHÁZY

uma mulher (1)

Há uma mulher. Ela me ama.

uma mulher (2)

Há uma mulher. Ela me odeia. Sombra, ela me chama. Diz, por exemplo: Você por aqui? Você está me rondando, sombra? De outras vezes: Sombra, vamos ter cozido de repolho para o almoço, está bem? Em certas horas ela brinca: Estou projetando a minha sombra. Esse sou eu, pois ela se refere a mim. A brincadeira não significa necessariamente bom humor; quando está de bom humor ela se vira e grita: Mundo de sombras! Também isso eu tenho de engolir. Se está de mau humor – digamos, se a irmã telefonou de Lübeck ou se ela se achar gorda, embora eu jure inutilmente que vivo e morro pelas carnes dela –, ela declara que eu sou a árvore que a impede de ver a floresta. Não me afasto dela. Quando ela abre bem a boca, áááá, eu também abro a minha. Quando ela se senta, eu me aninho junto dela. Quando ela desmaia, eu busco sal. Quando ela cerra as pálpebras eu estremeço quase imperceptivelmente. Quando ela ergue a mão, eu também me exercito. Quando encontra uma superfície de parede vazia ela sabe fazer coelhos, cachorros e águias para as crianças, e nessas horas eu sou coelho, cachorro ou águia. Eu a desejo, mas as coisas avançam com dificuldade, se arrastam; nos esquivamos um do outro. Ora estou próximo dela, ora distante, embora isso não implique em nada, tenho de andar curvado, caprichosamente, à volta, diante, debaixo, atrás dela. A nossa relação tem algo de maré alta e maré baixa.

O que você está pensando, sombra?, ela troveja, áspera, ao perceber o meu desejo; ou, quando o pressente, ela se acalma, o meu desejo não desperta o dela, ao contrário, ela se limita a detê-lo.

Há situações em que ela não pode falar comigo abertamente. (Por diversas razões, políticas, de trabalho, por causa da família ou pela distância. O pai dela não me tolera, teatro de sombras, ele pensa sobre o meu trabalho, como se eu fosse apenas a sombra dela e lançasse nas sombras a vida da filha dele, e assim por diante; injustiça, velho imbecil, eu diria, se ele não fosse um sujeito simpático, equilibrado e sedutor – um belo homem grisalho!) Nessas horas a pantomima acaba endurecendo seu tom de voz e ela se dirige a mim com uma indiferença tão viscosa que o meu coração fica apertado, receio poder perdê-la, faria o que ela quisesse. O que mesmo? Você me traria flores, sombra? Não, você não é disso, flores você não me traria. Acharia melhor quebrar a mão... ela balança a cabeça, satisfeita. Depois de pensar um pouco eu respondo que ela tem razão, você tem razão, querida, mas depois eu traria flores, sim, com a mão engessada. Apertadas contra a barriga, eu as traria, só pensaria em flores grandes, flores como dromedários, gigantes que não escorregariam entre o gesso e a minha barriga, gladíolos, por exemplo, provavelmente algo assim. Viajaria por elas. A produção até aumentaria. Então isso, sombra, gladíolos. Sim, meu amor.

Diante dos gladíolos ela fica insegura e me deseja. Para diante da parede, feito uma condenada à morte, se faz iluminar por trás, lenta, decidida, ela se aproxima, para, eu também paro, não há volta, me esfrega, tudo fica grudento como perlite (reboco isolante de calor), branco feito o rosto de um palhaço. Ofegante, trêmula, eu mal me mexo. Deveria agora dizer que os integrantes do pelotão de execução, mulheres, homens, misturados, já carregaram as armas? Ou que os rostos deles também estão brancos, como perlite, como rostos de palhaços?

uma mulher (3)

Há uma mulher. Ela me odeia. Ela me deseja. Telefona o tempo todo. Deixa recado. Comprou uma secretária eletrônica para deixar recados nela também. Trabalha muito. Ela me liga sempre de um lugar diferente. Não pode falar abertamente, às vezes sussurra no bocal. Explica a razão na chamada seguinte. (As razões são diversas.) Quando nos encontramos ela explica os telefonemas mais antigos. O banheiro trepida, telefonemas locais e interurbanos, enquanto ela graceja com um humor matreiro.

uma mulher (4)

Há uma mulher. Ela me ama. Ela telefona e diz o meu nome; repete o meu nome como se fosse uma palavra mágica. Meses a fio. Eu nem sei quando ela dorme. A vizinha que compartilha a linha sobe pelas paredes, só não nos denuncia porque nessas horas ela pode escutar a "nossa conversa". Enquanto isso a neve derrete, as poças secam, as árvores florescem, já se pode achar pimentão fresco, é verdade que são vendidos somente por unidade, as partes úmidas do corpo, os recessos, se cobrem de micoses, o Parlamento vota as duas leis sobre os judeus (3 de maio), e o jovem Lajos Bádeni expulsa as tropas turcas do país. Ela consegue dizer o meu nome doze vezes em doze segundos, mas este não é um padrão constante porque de tempos em tempos ela toma um gole de água morna. Até o momento eu não falei nada no telefone, receio que ela morra no ato. Ou quem sabe a ligação é um engano.

uma mulher (5)

Há uma mulher. Ela me ama. Ela se debate com o passado, a saber, o individual e o coletivo, com o passado próprio e o do país. Ela não *se conforma*. Por exemplo, não consegue digerir a rendição em Világos. Quem sabe se Dembinski tivesse um pouquinho mais de talento... Ou por que ele não gostava de Kossuth-Görgey? O senhor sabe a bunda que eu tinha? Não, o senhor não sabe. Não, não pense num rabo igual ao de uma égua, num redemoinho barroco, não pense nessas, eu entendo, idealizações banais... O senhor só vê o que existe. Em 18 de fevereiro de 1853, János Libényi, aprendiz de alfaiate, cometeu um atentado malsucedido contra o imperador. O senhor vê apenas que ela se desprendeu, que ela está caindo, que a minha bunda está caindo.

Ela gosta de beijar (veja Kossuth-Görgey), deixa-se levar por uma alegria incontida, ri, gargalha, relincha – são diversas variedades de beijo. Que gostoso!, e ela fica brincando na minha boca, mais, vamos, mais um pouquinho, a língua endurece, quase bate no céu da boca, emite trinados lá dentro na escuridão, na minha escuridão. A Paganini dos beijos, digo, vulgar. Quieta! Estou trabalhando! Os beijos deslizam sobre ela, sobre o pescoço, sobre o rosto bronzeado, as bochechas, o nariz, as órbitas, eu a beijo nos olhos, nas têmporas, no alto da cabeça, as coxas se movimentam, apenas se mexem, se tocam e se separam, e nas costelas e nos ossos...

A rendição na planície de Majtény, ela geme.

uma mulher (6)

Há uma mulher. Ela me odeia. Tem mau hálito. Da boca dela emergem diferentes cheiros. Podem ser divididos em dois grupos principais, a saber: dependem de ela ter comido ou não. A identificação das circunstâncias acima é uma ciência divertida, talvez sem importância. Sopa de couve-flor. Acompanhada de chucrute. E os básicos, cebola, alho. Por outro lado, por exemplo, o tempero das folhas verdes com alho-poró requer certa sofisticação. E se trata de uma mulher limpa, ou seja, tudo acontece em meio a uma abundância de escovação de dentes, não raro de um excesso de pastas de dentes.

Quando ela não come é que a coisa fica séria, pois nesse caso não existe ontem nem crepúsculo, quando não está alimentada não existe *coisa parecida*, não existe tempo, não existe causa nem efeito, não existe, portanto, lógica, não existe história, não existe memória (e assim também não existe moral), e não existe sociedade, sem falar em país, pátria, nação, existe somente uma pessoa (eu a conheço, por isso falo assim) que exala despersonalização, um fedor pútrido, morno.

Não, não é fedor, é menos que isso, e, portanto, exatamente por essa razão, é mais assustador. É um mau cheiro discreto, suave. Contido, moderado: discreto; se não gostasse acima de tudo de trocar beijos com ela eu não perceberia nada. Se não me impelisse um desejo permanente, insaciável, na direção dos lábios dela, eu não teria consciência desse descuido da criação, dessa ferida, vergonha escancarada. A mulher inteira lembra o vento soprando na direção da fábrica de cola. Nada é mais insuportável que sua ternura. Quando cubro o rosto dela com beijos miúdos, apressados, beijo seus olhos, as pálpebras, as órbitas, o nariz, as orelhas, as bochechas, as têmporas, e, de certa forma, os lábios, a boca, eu me deparo com o próprio horror, chego a extremos tão selvagens de repulsa que fico tonto. Por outro lado, quanto mais selvagem eu sou, insensível e brutal, ou se de pronto eu a subjugo, como um animal, arrancando de verdade a sua boca, como se a devorasse, com as mandíbulas estalando, as línguas se debatendo em meio a um gosto de sangue, tanto menos penso na fábrica de cola, sobre a qual se diz, hoje em dia, que foi privatizada por centavos.

É por isso que quando eu a surpreendo em um momento propício para a beijação, e hoje em dia quase não há lugar para isso, ou seja, antes que eu me veja sob o poder da virtude ou da devoção que cerceia o prazer individual ou coletivo, eu começo a correr na direção dela, como um personagem de desenho animado, ergo as pernas na altura do pescoço e upa!, esbaforido, me agarro a ela, sem parar, porque sei que caso contrário o vazio pútrido me golpearia, me abateria, falta estragada das faltas, o nada apodrecido, sopro fétido, que, como já aconteceu, me dá ânsia de vômito, com ranho e saliva misturados - relação por relação, essa também é uma delas.

Ela sabe de tudo e por isso me odeia. Trata-se de um sentimento que lhe propicia segurança. Ela me entende mal, pensa que faço o que faço por generosidade, e por isso me odeia. Mas não, eu sou mesmo louco por ela, quando fecho os olhos vejo apenas ela, quando abro os olhos, faço de tudo para vê-la. Quando descobrir isso, ela também vai gostar de mim. Mas isso não é importante, o importante é que eu possa vê-la.

uma mulher (7)

Há uma mulher. Ela me ama. Acho que é finlandesa. No começo dizíamos um ao outro que éramos parentes. A senhora também é fino-ugriana? Procuramos descobrir características nacionais um no outro. Infelizmente não conheço, não conheço em nenhuma profundidade a história da Finlândia (seus tesouros minerais mais importantes: cromo, titânio, cobalto, vanádio, cobre, zinco, níquel), tenho comigo imagens "nórdicas" genéricas, tento me agarrar a esses lugares-comuns. Eu me esforço para situá-la em algum ambiente, em um clichê nacional, mas a coisa não funciona muito bem porque na verdade o ambiente dela é o meu corpo. A pátria dela não é a sua pátria, mas o meu corpo. Portanto, quando a espreito em segredo não são os lagos finlandeses que me ocorrem, os rios caudalosos, cheios de cachoeiras que ligam os lagos, mas eu mesmo, vejo sempre a mim mesmo, as minhas coxas, que com certa ousadia poderíamos chamar de musculosas, de outras vezes os músculos das minhas nádegas unidos, os glúteos, ou os meus lábios úmidos, os meus dedos.

Longamente, durante anos, ela negou que sentia o mesmo por mim. Mas depois, em uma briga selvagem, furiosa, ela desabafou. Olho para você e vejo a minha boceta!, ela berrou, vejo você na sombra da minha boceta! Não gosto quando ela fala assim, não gosto quando ela sem pensar chama os nossos corpos pelos nomes. Ela, por sua vez, não suporta o meu silêncio. Agora você se cala sobre o seu pau?, ela me denuncia. E sobre a fenda da minha bunda? Faz diferença? Não acho que seja indiferente, mas eu me calo, o que posso dizer? O fato de que ela se relaciona com o corpo, com o meu e com o dela, como eu, é bastante surpreendente, pois ela se vira muito bem com as questões húngaras. Tem opinião formada sobre a batalha de Vezekény ("não foi tão insignificante nem inútil quanto parece à primeira vista"), usa a expressão "método János Drágffy" (que cavalgou batendo as esporas, levando as bandeiras do país para a morte certa em Mohács), conhece as anedotas sobre Deák e as reformas de 1953 de Imre Nagy, sabe quem foi condenado nos processos contra os escritores, os pequenos e os grandes, e se situa bem em meio às diferentes orientações do Fórum Democrático Húngaro.

As nossas brigas, mais frequentes e, por que negar, mais violentas, por diversas vezes degeneraram em agressões recíprocas; eu quase sempre a sacudia, uma vez a agarrei pelo pescoço, episódio que poderíamos chamar de sufocamento, ela preferia atirar coisas, não apenas livros ou cinzeiros de plástico, mas quadros arrancados da parede ou vasos valiosos ou, em certo sentido surpreendentemente, um moedor de carne, aconteceu uma vez de ela arremessar em mim os talheres da mesa posta, entre eles, como nos preparávamos para comer bife à milanesa, facas, episódio que poderíamos chamar de esfaqueamento, as nossas brigas, eu acredito, não tinham relação com as raízes fino-ugrianas. Ou teriam? O horror da história partilhada? Vagamos, caçamos, zelamos pelos rebanhos, adoramos os mesmos deuses. O horror da intimidade? Pois sim, ela conhece até os meus silêncios! Quem sabe se ao sonhar também não sonha comigo... Ou eu com ela... Para que tanta proximidade? De que serve esse espelho deplorável?

Eu sei em que você está pensando!, ela grita, talvez fosse melhor, seria melhor para nós se eu fosse Deus! É nisso que você está pensando. Mas não pense que você é especial. Você não é especial. Não mesmo, porque eu também penso nisso, que talvez fosse melhor para nós se você fosse...

Isso aconteceu depois da porra da batalha de Vezekény, as coisas já estavam muito acirradas, era inútil falar, era inútil calar, apenas andávamos em círculos. Eu li que nessas horas não vale a pena apontar diferenças entre amor e ódio; tenho horror a essas frases, mas provavelmente se trata de algo assim: um ímpeto havia sido despertado em nós e não se podia saber de antemão onde ele nos golpearia. Não havia como atuar sobre ele, nem como ter esperanças. Nessas ocasiões fazíamos amor de um modo diferente: mais vezes e mais aterrorizados.

Uma vez eu contei essa história a meu pai, ou melhor, perguntei-lhe como eram as mulheres nórdicas. Ele deu de ombros fazendo uma careta, sei lá. Apesar disso ele me chamou para o seu quarto, onde havia muito eu não entrava, e, mudo, apontou para um quadro que na infância eu vira muitas vezes em uma outra casa, em um quarto diferente, muito mais escuro, um quadro a óleo pesadão, carregado, em uma moldura enfeitada, maciça, do século XIX. Representava vendedoras de peixe norueguesas à beira-mar, no mercado, o vento soprava e se irradiava uma luz estranha, nem escura, nem clara, nem cinzenta. Escura e clara e cinzenta e brilhante, escuridão luminosa, claridade radiante, madrugada permanente. Eu observei o quadro enquanto meu pai me observava.

As vendedoras de peixe, de tamancos de madeira, alegres, reviravam os peixes, concentradas. Eram todas como a mulher finlandesa. E as cinturas delas bamboleavam com uma energia e uma leveza indescritíveis, com agilidade e força, moças e senhoras juntas, mulas de carga e fadas nórdicas, cinturas decentes, boas para o trabalho e para outras coisas. Despedi-me do meu pai, e daí em diante eu situei a finlandesa nessa moldura, alojei-a nela, esse se tornou o seu ambiente, com as senhoras pesadonas e hábeis, e quando olho para ela eu não me vejo mais, nem as minhas coxas, nem os músculos das minhas nádegas unidos, nem os glúteos, nem os meus lábios úmidos, nem os meus dedos, e também não preciso pensar que talvez fosse melhor, talvez fosse melhor para nós se ela fosse...

Não termino a frase, preferimos nos provocar, como dois parentes, nos fazendo perguntas: se me permite, a senhora é fino-ugriana?

uma mulher (8)

Há uma mulher. Ela me odeia. Ela me ama, me amava, me amou a tarde inteira. Não gosto da palavra trepar, muito menos de transar, gosto de foder, mas ela não gosta de nenhum texto para fazer um trocadilho: o texto fode tudo. Não posso me rebaixar a ponto de dizer, naturalmente, em letra cursiva: fizemos *aquilo*. Eu vomitaria. Se a primeira pessoa do singular da frase estivesse um pouco mais distante de mim, ou seja, se eu me sentisse menos envolvido – o que seria bom, é nisso que trabalh*amos* – eu seria mais livre, e, acima de tudo, se eu não me obrigasse sem cessar, ainda que parcial ou ironicamente, a parecer estar bem, ou melhor, se eu fosse um herói de romance da cabeça aos pés, uma ponte entre o "eu" e o "nós" (apenas para mencionar os tipos principais de pontes: a simples, a ancorada, ou ancorada em si mesma, depois a ponte suspensa sobre cabos, a ponte de cabos trançados em forma de harpa, a inclinada com cabos em forma de estrela, a inclinada em forma de leque e a de pilar único, inclinada, com cabos em forma de harpa), bem, então – além de estar bem – eu diria que nos esfregamos a tarde inteira.

Eu não mencionaria em primeiro lugar a falta de limites, a impetuosidade com que nos atiramos repetidas vezes um sobre o outro, com que nos engalfinhamos, a simplicidade e o primitivismo seriam também importantes, e não só eles, mas a obviedade de que foi bom, *muuuito booom*, embora assim eu me aproximasse do que quero falar primeiramente, do gozo impessoal, o gozo que nos habita, mas que é quase independente de nós, a alegria pagã dos corpos. Ficamos com dores musculares, o meu pau ardia e também ardia a boceta dela, tivemos de passar creme, arfávamos como se estivéssemos no topo de uma montanha muito alta (o Popocatepetl, por exemplo). Eu a abracei, assim adormeci, ou melhor, caí no sono, e ela roncou, porque também adormeceu. Roncou forte, como as finlandesas, embora seja uma húngara genuína. Era isso que eu queria dizer?, que ela dormia docemente nos meus braços feito uma criança? Não. Era quase o contrário – ou melhor, *qualquer* explicação é ruim enquanto me resta a possibilidade de dizer alguma coisa. Por exemplo, é verdade que ela estava deitada solta, silenciosa, e eu sem desejo. Não digo feliz, mas na verdade eu também não estava infeliz; é óbvio. Também não estava triste, como diria o provérbio em latim. Não satisfeito, mas saciado. Fiquei deitado com a mulher, com aquela mulher naquele quarto (por uns cinco minutos, como em uma comédia barata) sem perguntas e sem que nenhuma pergunta fosse dirigida a mim de nenhum outro lugar, nem da Carélia, nem de Csallóköz, nem do reino dos céus. A minha existência, o meu passado, a minha condição, não estavam em questão, era isso que eu queria dizer.

uma mulher (9)

Há uma mulher. Ela me ama. Faz amor muito bem. Sem rodeios, ela fode divinamente. É difícil explicar por quê. Ou na verdade é fácil? Por quê? Por nada. Outras pessoas também têm esse controle dos músculos, outras pessoas também se sentem à vontade com a descontração despudorada – que não assusta, mas contagia – em que elas não estão sozinhas na alegria que emana do corpo, e outras também têm controle da capacidade de mudança que pode inesperadamente transformar a alegria em drama e sugar como uma alga marinha a leveza, intensificando o prazer por meio da dor. Ela num frenesi silencioso, tenso, sentada em cima de mim (*I am sitting on a cornflake*), ou eu me contorcendo impotente entre "as pinças marmóreas de suas coxas", no ritmo infinito dos oceanos, então é o máximo. O tempo todo, enquanto estamos juntos, só existe felicidade, a felicidade espanta tudo, eu também não existo, nem ela, apenas gemidos. Portanto, não penso que tudo logo vai acabar, o que também é bom porque eu preferiria morrer a ter de parar. Felicidade não é uma boa palavra. Deus sabe como isso é bom – esta, esta sim é a palavra certa. (Ela, por sua vez, duvida de tudo. Desmente. Não, ela não é nem um pouco uma acrobata dos lençóis, não é uma número um, ninguém nunca lhe disse isso, e não por acaso, e ela não entende as bobagens que eu falo, ainda bem que ela não é a alegria pagã dos corpos ou coisa parecida. O indiscutível é que nos últimos tempos o corpo dela parece ter se modificado, deixou de ser flexível ou cheio de desejo, tornou-se mais inquiridor, e esse interesse, essa indiscrição que poderia ser chamada de desejo, tornou-o mais desejável, na verdade, ela também se surpreendeu, embora a mudança não seja uma espécie de saber, sou eu que desperto isso tudo nela, o meu corpo, o meu corpo é a moeda que a faz funcionar, de modo que, minha querida, eu sem você sou um castr... sou um gigante maneta na cama.)

uma mulher (10)

Há uma mulher. Ela me odeia. Anseia pelo mar, crepúsculo radiante, jorro de luz, nem escuro, nem claro, noite-madrugada eterna. Gira e revira até encontrar o mar. Gosta do vento. Eu o detesto. Eu me escondo atrás dela, ao abrigo do vento. Até, até que aos poucos reste cada vez menos arrependimento – como seria diferente ao abrigo da terra firme, traição, ela diria sem escrúpulos, seria caprichosa como os animais, ela sibilaria, traição contra os nossos corpos, ela sussurraria, com uma suavidade que eu acharia bela e comovente, eu lhe diria, com uma suavidade bela e comovente, ao abrigo da terra firme –, agora ela quase me arranca o cinto da calça, seria suficiente descer o zíper, simples, mas eu não digo nada, tenho o que fazer, os meus dedos avançam incontidos, *por trás das fileiras dos homens brancos, para derrotá-los na batalha,* como se fossem atraídos por ímãs ou pelo oceano Pacífico, enquanto sinto chegar o meu fim, receio pela minha calça, tecido frágil, estendo acima da cabeça a palma da mão livre, ela naturalmente não pensa nisso, pouco se importa, ficamos, assim, curvados, contraídos por um instante, em seguida separados nós rimos, como depois de uma travessura. Rindo, fitamos o mar que brilha, escorre, trepida, o meu mar, que brilha, escorre, trepida. A blusa dela, a minha calça, a mancha, o atamã.

uma mulher (11)

Há uma mulher. Ela me ama. É amiga da natureza. Prega sobre o cosmo, sobre as maravilhas naturais, sobre a ordem e as leis da natureza e sobre a beleza que pode ser encontrada em nós – e em geral –, ou seja, sobre o entrelaçamento entre o instante e o infinito, embora ela tenha revelado que nessas horas pensa apenas em Deus. Ela não ousa invocá-lo com palavras. É mais fácil se aproximar de Deus por meio de um carvalho ou de uma libélula – criatura minúscula superior à máquina mais complicada –, do que... do que nas igrejas ou pelas muitas sábias escrituras. O que tem a ver, digo, não entendo, o carvalho com as sábias escrituras? Ela dá de ombros. Embora seja muito inteligente, de raciocínio rápido, não gosta de dar explicações. Para ela ou alguma coisa é óbvia ou não existe.

No verão ela usa calças de tecido leve, até os joelhos, esvoaçantes, largas (bege), que ressaltam e acentuam as coxas e o traseiro forte. As batatas da perna e os seios também são chamativos. Conheço-os de cor. Ela faz caretas com frequência, faz mímicas com o rosto como se estivesse em um filme mudo e parece ter um estrabismo voltado para o alto. As sobrancelhas são marcadas, como uma cerca viva, separadas na base do nariz. Os pelos não vão pegar fogo? Nisso ela me deixa com a cara no chão, os pelos desaparecem. Ela também costuma me bater nas costas, como se me encorajasse. Para quê?

A chuva não a incomoda. Eu sempre ando rente à parede, visto o capuz, ela corre com a cabeça descoberta, e vai por onde acha que deve. Porém aqui a chuva não cai, ela vem, não de cima, mas ataca dos lados mais inesperados. O guarda-chuva nessas horas é uma estupidez, vaidade. Quem, apesar de tudo, o leva, é estrangeiro ou o faz porque é de sua natureza e parece brandir um sabre; vem daqui? quem sabe daqui? e agora daqui? Os três mosqueteiros. Na maioria das vezes ela resolve o que vai acontecer. (Pode-se dizer que a primeira vez foi uma exceção, eu a obriguei a que me tomasse na boca, é verdade, ela fez uma careta, mas eu não consegui decidir se, digamos, ela estava brincando, como em um filme mudo, se sentia nojo ou somente se "o monge não estava acostumado ao hábito". Mais tarde isso se dissolveu com o vento marinho, com a natureza temperamental, em algum cosmo. É significativo também que no fim ela não engoliu, mas também não cuspiu, suavemente, fez escorrer tudo na minha barriga.)

Gosto de paisagens que não combinam com pessoas, em que as pessoas se despregam, não têm lugar. Uma região que seja anterior à presença dos homens. Quando chegamos a uma região assim, nada restringe a imaginação, podemos pensar tudo nessa espécie de mundo, tudo. Uma região que não se compara a nenhuma outra. Não há com o que compará-la porque não há ninguém; ela dá de ombros feito uma criança orgulhosa. Preocupa-se com as palavras, debate-se muito com elas, sobre como descrever alguma coisa com palavras. Por exemplo, ela conta, não por acaso, que os noruegueses, ou não sei mais quem, têm quarenta e tantas palavras para neve. Foi tomada de ódio e impotência ante a visão de cachoeiras. Olhe só esta cachoeira maldita! Não seria mais decente se ela silenciasse? Deveria eu agora descrever que ela se excita, entra em ebulição, salta sobre as pedras, pula de cabeça, passa por debaixo, escala, gira? Oh, que ridículo!, ela gemeu. Eu deveria entender que era como se quiséssemos caçar pardais com tambores. Assim que o problema se formula ele se torna insolúvel. Só o sonâmbulo é um verdadeiro acrobata. Ou, olha para mim estrábica, onde existem muitas cachoeiras existem muitas palavras sobre cachoeiras? O que a Hungria tem em abundância? Começa a bater no meu peito, que vergonha e decepção, que estupidez... Um fiasco!, e, muito perturbada, comunica que com palavras o mundo *não* pode ser descrito. Nessas horas eu me calo (numa ocasião mencionei a descrição da Porta de Ferro do Danúbio, de Jókai – que gargalhada!), pensava em como poderíamos fazer amor logo, embora ele fosse bom quando eu não fazia planos, e, portanto, para não impedir o jorro cultural, eu imaginava fazer amor com outras mulheres, que, na verdade, eu não desejava.

Portanto ao se aproximar de cachoeiras ela sente ódio, e eu fico melancólico. A grama prende a sua saia, ela não fica irritada, antes de subir a calcinha desce correndo para a margem do rio, para a base da cachoeira, para enxaguá-la. Ei, ela grita para mim, será que todo homem é uma cachoeira? E sacode a saia.

uma mulher (12)

Há uma mulher. Ela me odeia. Seus olhos são cinzentos como os meus. E porque os meus são como os da minha mãe, eu olho nos olhos dela como se chegasse em casa. Seu corpo de longe parece com o de uma menina, de perto com uma mina de argila. Seu braço é largo, a boca é cor de groselha. Ela me ameaça sem trégua. Eu não devo me angustiar. Ela está muito bem, num estado excelente. Cem por cento, e me bate nas costas, feito uma criança travessa. Sente que nasceu com uma boa estrela pois acontecem a ela coisas maravilhosas, uma depois da outra. A saber? A saber, o meu rosto. O modo como ele, sei lá, brilha e se encanta...! E para ela nenhum homem disse, ou não disse como eu, obrigado. Eu não devo me angustiar. Vejo apenas seu ventre, nada dos braços largos, da boca de groselha, nem da mina de argila de menina. Po-favor, po-favor, digo com a voz esganiçada, esganiçada e suplicante. Era nisso que ela estava pensando? Esse *"po-favor"* seria o obrigado? E desde então ela sente vertigens, o mundo roda com ela, com essa beleza e abundância, e ela de novo sente tudo como se estivesse na infância, seu corpo canta, entoa melodias, cantarola, eu devo entender que ela se abriu, feito uma flor. Não devo me angustiar.

uma mulher (13)

Há uma mulher. Ela me ama. Só que tenho de esperar pela minha vez. Quando jantamos, sempre há seis ou sete homens além de mim. (Há sempre sete homens além de mim, sempre os mesmos sete homens, não falta nem aquele cujo irmão se suicidou; de manhã ele fez as compras, pôs as cartas no correio, não havia carta de despedida entre elas, em seguida pulou do décimo andar de um prédio.) São todos simpáticos. A mulher também pensa assim (ou melhor, esta é a opinião dela, eu apenas a partilho), aproxima-se de mim para me sussurrar no ouvido, veja como são simpáticos! Ela se orgulha. Seus olhos de dona engordam o porco.

Comemos em bons restaurantes, gostamos dos que servem peixe. Comemos peixe em três, ou até mesmo em quatro de cada cinco vezes em que saímos. Preferimos os peixes de mar aos de rio, com exceção de carpa, por ela toda a turma se encanta. Na ordem eu sou o último, tenho de esperar pela minha vez. Esperar, esperar como se a noite nunca fosse acabar, ao contrário: como se alguém, de súbito, a qualquer momento, pudesse pôr nela um ponto-final. Antes de chegar a minha vez. Eu espero, quando posso. Ora o zero é assustador, ora o infinito. Ora, digamos, o vinte e oito. Todos têm alguma razão para passar na minha frente. Isso às vezes cai mal, de outras vezes eu me sinto especial (de certa forma, como uma banda que precede o show principal).

Um dos nossos companheiros é marinheiro, do Danúbio, mas não faz mal. Ele não problematiza nada, ri muito, guturalmente, gosta de contar histórias sobre a família, sobre as duas filhinhas e a mulher, que usa maria-chiquinha, tem duas marias-chiquinhas douradas. A despeito disso ele é um homem fino, sabe contar histórias de maneira interessante, usa montes de palavras e expressões técnicas da marinha e tem prazer nisso ("se de manhã até as onze horas há ao menos uma mancha azul-marinho no céu, ela significa que nesse dia vai fazer sol"), se ofende com facilidade ("o meu pai", costuma contar, "morreu porque comeu uma cavalinha que já tinha andado pelos lados de Estocolmo", dava a entender que ela não era fresca, mas não podíamos zombar dele, sem falar que o pai nunca havia saído de Nyírbátor), e tinha um ouvido bom para os comentários escusos. Era mais jovem que eu, de ombros largos, musculoso. Eu só o vi usando paletó de tweed grosso. Assim o imagino jovem. É verdade que dependendo da situação ele não fazia muita cerimônia. Quando já éramos apenas três, o que acontecia com frequência, ele, eu e a mulher, ele tinha vontade de me expulsar do bar. Porque depois do jantar começávamos a andar pela cidade, havia dois ou três lugares que visitávamos sempre na mesma ordem, locais de blues e rock, eu sentia uma leve nostalgia enquanto a mulher e o marinheiro, por serem mais jovens, faziam caretas. O marinheiro não gracejava – uma vez disse: eu significo muito para ela, disso você sempre se esquece! –, mas sorria, às vezes apertava o meu braço, via-se que desejava alcançar seu objetivo: agora tome um táxi e vá para casa. Eu também sorria e balançava a cabeça: Claro, claro, daqui a pouco, e continuava balançando a cabeça, como se fôssemos irmãos.

A minha determinação e persistência me surpreendiam. Porque ao final revelavam que eu sou determinado e persistente. Porque a coisa começa de modo diferente. Como se eu fosse um francoatirador, um caçador de oportunidades. Acaricio o xale turquesa (da mulher) chamativo, bonito e, imagino, caro, e nisso a minha mão desliza para o pescoço dela, ela então depressa inclina a cabeça de lado e com ela aperta o dorso da minha mão contra sua clavícula, como faz com o telefone um negociante ou uma secretária experiente. Entretanto, em outras horas da noite sou como o caçador seguro de si, um velho tubarão habilidoso que sabe que o tempo trabalha a seu favor, *time is on my side, yes, it is, yes, it is,* ora o vento sopra daqui, ora dali e ora de acolá, espera, espreita, a mantém ao alcance dos olhos. Seja como for eu me esforço para que o marinheiro não veja tudo. Eu não gostaria que ele me decifrasse (em especial o meu jeito de fechar os olhos ao trepar) e me pusesse numa situação de desvantagem.

As noites são longas, eu me arrasto em meio a muitas situações imprevisíveis, internas e externas, surpresas, acontecimentos inesperados, mas elas acabam sempre da mesma maneira, graças a Deus. (Um dia os galos se enfrentaram, o marinheiro e eu ficamos de fora, mas depois ele e a mulher tentaram separá-los, e, assim, pareceu que eles também estavam envolvidos. Vi como eles bolinavam a mulher, o marinheiro também. De repente estavam se beijando a três, com as metades dos rostos, não sei muito bem como. Eu estava sentado na banqueta do bar; quando algum deles olhava para mim, eu percebia um ódio discreto no olhar. Eu sei me sentar em uma banqueta de bar como outros em sofás; poucos podem afirmar o mesmo.)

uma mulher (14)

Há uma mulher. Ela me odeia. Será que ao dizer isso eu não quero dar a entender que sou eu quem a odeio? Por outro lado, quando ela me vê, digamos, em seu banheiro, onde eu me acocoro amargurado sobre o bidê, em sua cozinha, onde eu dou algumas colheradas na sopa de galinha que virou gelatina (no limite, eu fico mastigando as asas), quando ajudo seus filhos com a lição (apenas a construção dos triângulos causa problemas, mas já tivemos desentendimentos pelas equações de segundo grau e com as chamadas sentenças abertas, sem falar nas discussões sobre as inequações e sobre a teoria dos conjuntos de um modo geral; no mundo dos seres vivos, sobre os besouros), ou quando deito de tarde para dar uma cochilada no quarto dos fundos, por muito pouco tempo, como se na verdade tivessem me acertado a cabeça, e até de noite não me desvencilho das profundezas obscuras da tarde, e também fora de casa, na cidade, nos cruzamentos de ruas, nas zebras de concreto ou parado diante das vitrines ansiando por um dicionário de etimologia, ou quando estudo com ar de importância os cardápios expostos nos restaurantes, numa aldeia, ao longo da parede do cemitério ou caçando faisões, quando ela me vê, onde estiver, no banheiro, na cozinha, no hall, no quarto dos fundos, na cidade, na aldeia, na parede do cemitério, no campo, onde eu estiver, ela me seduz.

Ela me lança um olhar sensual, fecha os olhos ou seus lábios brilham e a coisa acontece. As narinas estremecem como asas de borboleta. Suspira feito um animal. Envolve a sedução em roupões coloridos, usa os elogios como invólucros da sedução; ela me faz acreditar que *a.* eu sou um homem fantástico, *b.* se por alguma razão eu não for, ela é louca por mim do mesmo jeito. Transpira. Os joelhos dela tremem. A língua vacila. Ela não suporta viver sem mim. Precisa de mim, pede ajuda. Na verdade isso não custa nada. Sempre que possível, ela passa uma perna sobre a outra, a saia escorrega para o meio das coxas, e os meus olhos, falando de forma vulgar, quase saltam das órbitas. Ela registra o fato sutilmente. Mas ela não seduz apenas com delicadeza. Cito, como exemplo, que de repente ela surge do nada, me aperta contra a parede como um homem, abre as minhas pernas com o joelho, no correio, junto da caixa vermelha, onde eu, desavisado, postaria as minhas cartas, ou, ao contrário, ela se ajoelha submissa diante de mim, espera até que a última carta ou postal desapareça pela abertura, abre a minha calça, e ora alegre, ora mortalmente séria, se ocupa de mim ameaçadoramente, faz graça, ou melhor, trabalha. Há dias em que ela nem fala comigo, flerta com desconhecidos, papeia, desfila, mas sem chamar a atenção, não de modo a me denegrir, negativamente, como se me atingisse por trás, pois eu devo, apesar de tudo, ser o enredo, o personagem central da história, ela não me dá bola e numa certa hora, tarde da noite, no banheiro ou na cidade ou na aldeia ela se volta para mim e, doce, pede para que eu durma com ela. A noite é suave, o silêncio é intenso, apenas o pedido dela paira na paz da noite: durma comigo.

Mas ela não consegue me seduzir sempre. Até hoje, ela fracassou duas vezes. Numa delas eu estava com sono, da outra não me lembro (como se não a desejasse o bastante, preferi ver televisão); no dia seguinte, nas duas vezes, os lamentos dela pelo meu orgulho infantil me atormentaram, tanto que de imediato eu lhe telefonei propondo um encontro. Sugestão que ela gentilmente aceitou.

Ela me captura sem parar. Flerta comigo. Não consigo entender o que significa para ela a vida plena que me oferece. Na terça-feira estive em Nyiregyháza, tive de resolver um assunto para a minha irmã. Eu me hospedei no colégio, embebido, por assim dizer, pela atmosfera do tempo de Kádár e de um produto químico amargo. Sobre a minha cama encontrei um recado seu em que pedia que eu lhe telefonasse imediatamente no quarto 404, que deixasse o telefone tocar duas vezes e desligasse, seria o sinal, pois não estava sozinha, mas nessa hora ela me procuraria ("daria uma escapada"). Em Nyiregyháza não existe quarto 404 nem telefone. Este é um exemplo da plenitude.

Onde quer que eu esteja, no bidê, ou caçando faisões, espero que ela despenque sobre mim, embora eu não seja um rato-do-mato que espera pelo seu predador. Quando então nos cruzamos, ela não pestaneja, e com isso digo pouco. Embora, formalmente, eu não leve vantagem, cuido para não humilhá-la. Por exemplo, em Nyiregyháza, por fim, jantamos muito agradavelmente. Filha da puta, abuse de mim, chego a pensar.

uma mulher (15)

Há uma mulher. Ela me ama. Ela me tranquiliza o tempo todo, acredite, diz, a título de exemplo, eu não te odeio nem um pouco. E, sufocando de emoção, acrescenta: agora vou andar de bicicleta para arejar a cabeça. Como se isso me dissesse respeito. Ou ela me acalma dizendo que não está grávida. Ou melhor, está no sexto mês, veja a barriguinha, mas não se preocupe, ela assume tudo, e, na verdade, com certeza vai ser um menino. Garantido, e me bate nas costas. Quer tudo na hora. Como se a vida, a vida dela, fosse um filme acelerado. Mal tínhamos ido para a cama e ela já se angustiava com a educação da futura criança. As línguas, o mais importante são as línguas, mas não se preocupe, eu resolvo, Instituto Goethe. Com isso tudo ela não deixa de ser atenciosa quando vê que me deprime muito, diz, levante a cabeça, não sou o único homem na vida dela (para diminuir a minha responsabilidade). E eu, estando ou não preocupado, de fato me tranquilizo. Na verdade, quando um dia eu descobrir por que ela tem pressa, por que atropela tudo, por que também me empurra para a frente, para uma dieta vegetariana, vai ser tarde demais.

uma mulher (16)

Há uma mulher. Ela me odeia. Me expulsa o tempo todo. Me liquida. Me joga fora, feito um limão espremido. Conduz a coisa com muita inteligência, é coerente e usa argumentos bem fundamentados para terminar comigo. Porque está na hora de parar. Trabalhamos muito, eu também, ela também, de modo que na maioria das vezes, para esta conversa, para este ato, temos tempo somente na cama. Por assim dizer: eu me curvo sob o peso dos argumentos. Eu não achava, esta é a verdade, uma catástrofe a ausência de uma chama ardente em nossos corpos, da indiferença também podem nascer coisas brilhantes. Eu fico muito bem deitado à toa com as mãos no ventre dela. Ela não fala disso, ela fala do todo, eu sempre dos detalhes, e os detalhes, do ponto de vista de sua natureza de detalhes, estão sempre em ordem, mas o todo não está. Somos ridículos, costuma começar assim. Nisso eu empurro as coxas dela mais para cima. As coxas magras, na verdade. Foi bom durante anos, ela diz. Sem dizer uma palavra eu a viro para mim, viro seus seios, na verdade. Seria bom se não existissem esses pensamentos obscuros sobre o todo, mas apenas carne e ossos e tendões, não? Ela não fala deles, mas do que é inevitável, sobre o fato de que no todo há algo de onírico que é pior que o tédio, o cotidiano, o clichê.

Eu não me encontro na cama!, ela grita.

Nisso eu a chuto de cima de mim, com os seios e tudo, descubro o meu corpo nu, o meu caralho, estou aqui! Viva! Ela não responde. Vou te matar se você me largar, eu digo, e mergulho a cabeça dela no travesseiro. A frase é boa, costuma dar certo, ela choraminga, mas se você me matasse seria como se eu fosse apenas imaginação sua. Pode ser que você vá se ofender com o que vou dizer, eu digo, mas peço que me perdoe. Não foi nada, ela diz.

uma mulher (17)

Há uma mulher. Ela me ama. Sugeri a ela que me dispensasse. Eu me assustei, ela contou mais tarde, temi pelo pior. Mas o que seria esse pior eu não sei. Seria me abandonar, desistir de mim, me pôr de lado, me expulsar. Sugeri que eu poderia ir com a graça de Deus. Os meus motivos eram de natureza física. Fui coberto por uma dermatite mortífera, primeiro nas "asas", nas omoplatas, eu me debatia e me encolhia desesperadamente, depois notei as pústulas se espalhando pelo dorso das mãos, elas penetravam debaixo da minha camisa como formigas ou soldados. Também nas minhas axilas. Acima do cóccix. Depois no meu pescoço. Eu procurei entender o massacre revirando dois espelhos. Há em mim algo de repulsivo, eu disse por fim. Ela assentiu. Espiava radiante o modo como as erupções se transformavam em feridas ou evoluíam para diminutas bolhas, com o centro purulento, amarelado, que exalava o cheiro sulfuroso da podridão. Ela ficava alucinada por elas, as acariciava, as beijava, se besuntava com as secreções. Era horrível. Eu nem contava mais, apenas as bolhas. Assim passou o verão. No outono as feridas secaram, os abscessos, as erupções, as bolhas, as pústulas murcharam. Ela não se preocupa comigo, cuida do meu corpo, fica sentada junto dele ou o observa, em uma palavra, não me dá descanso e espera que elas reapareçam.

uma mulher (18)

Há uma mulher. Ela me odeia. No momento está lendo *Mein Körper, das Ferkel*, de Reinhard P. Gruber. Meu corpo, o porco, ela diz. Meu corpo, o grunhidor. No momento, ela diz, estou na Índia com o meu corpo. Vim com ele porque não quis deixá-lo sozinho. O pobrezinho passou por tantas coisas nos últimos tempos. Em dezembro quebrei seu esterno. Ele levou a mal. Tive de me internar no pronto-socorro. Não posso me queixar do atendimento, mas ele, o meu corpo, me causava dores o tempo todo. Chega!, eu disse em voz alta. Mas o corpo apenas riu, e continuou doendo. Não foi de propósito, eu lhe assegurei. Mas ele continuou doendo. Está bem, eu disse, vou te levar para a Índia, para Goa, lá você vai ficar bom. Lá vivem os hippies, todos ficam bem lá.

Agora estamos aqui. Todos os dias eu a levo para passear. Ela fica à vontade ao ar livre. Em segredo, vai acabar toda bronzeada. Nadamos antes de amanhecer. Fazemos chá com torradas, nosso café da manhã. Na hora do almoço selamos o banho de sol com um óleo bronzeador de cacau para que não digam que fomos à Índia para nada. Ligamos o ventilador de teto. O suor causa calafrios. Quente, frio, quente, frio. Eu consumo uma cerveja, ela, o ventilador.

Ela está doente de novo. Se eu soubesse, não viria. Está com o nariz escorrendo. Está escorrendo há quatro dias e quatro noites, embora antes ele escorresse menos, tudo escorria, menos ele. O que me fez merecer isso? Fora, o sol índico brilhante, dentro, esse catarro. Desejei que ela fosse inundada de suor, uma vez que eu não podia mais sair. Em casa ensaiava uma gota, embora ela aqui não fosse possível, fazia muito calor, havia pouca carne de porco, pouco álcool – aqui nem o corpo mais vagabundo conseguiria arranjar um ataque de gota. Passados quatro dias, o corrimento do nariz cessou. Não somos porcos de focinho molhado. O líquido acaba.

O meu corpo é como um leitão. Aceita tudo que lhe oferecem. O Fenny é uma espécie de aguardente, e nem ele o meu corpo repele. Peixe, arroz, ovos, verduras, bananas, coco, manga – basta oferecer e ele já os devora. Cerveja, chá, aguardente, limonada, leite – e já os engole. Em vez de responder, o porco grunhe. Como castigo eu lhe arranjei umas queimaduras. Duas horas imóvel no calor do fim da manhã, na praia, na areia da praia.

Só não devemos esquecer quem manda. Porque eu sei falar de outra forma também. Mostrar os dentes. Mas vamos voltar para casa (temos a passagem, ela não recebe mais dinheiro, de modo que tem de vir comigo)! Nós ainda vamos dançar conforme outras músicas se ela pensa que pode brincar comigo! Vai ganhar exercícios de ioga em vez de picadinho! Três dias de *rally* em vez de tavernas!

Exercícios com barras na parede em vez de pão! Bicicleta em vez de tevê! Sauna em vez de sexo! Alta Estíria em vez da Toscana!

Já está com trinta e oito, o meu corpo, e ele se agita como se tivesse vinte e dois, o danado. *Adieu* Goa, o inverno dói. Em casa vou inscrevê-lo em um clube de aposentados, a vontade dos vinte e dois vai passar! A Alta Renascença para principiantes. E se continuar acreditando que é ela quem faz o mundo girar, vamos retomar Immanuel Kant, frase por frase, com uma atenção especial ao imperativo categórico. Vamos ver. Ela ainda está com a bola toda mas vamos ver quem vai rir por último. Em casa, leitoa. Quem sabe se não devemos nos converter ao modo de vida macrobiótico. Ou vou enfiá-la entre as testemunhas de Jeová, e então ela não vai mais poder doar sangue! Tenho uma ou duas ideias na manga. Só a barriga não, ela não! A língua sim, ela você pode mostrar, mas a barriga não! Leitoa! Quantas vezes eu lhe disse: tudo menos a barriga. Imprópria. Obscena. Desavergonhada.

Como? Uma cerveja. Não e não. Aguardente de caju? Nem pensar. Só um pouquinho? Eu te conheço, belo disfarce, começa assim. É para o nariz? Para ele sarar... Está bem, mas ai de você se não der certo. Está bem, uma cerveja, uma Fenny, e em uma semana estaremos em casa. Espere só. A toada vai ser outra, leitoa. Em casa.

Gruber, diz a mulher agora. Como assim Gruber, e por quê? Desliga. Será que está mesmo na Índia? Pode ser que seja este seu novo corpo, o Gruber? Ela sempre aparece com uma surpresa. Gruber em vez de leitoa? Quem vai dar as cartas aqui? Que seja o Gruber.

uma mulher (19)

Há uma mulher. Ela me ama. Gostaria que eu fosse magro, raquítico, desajeitado e branco, com cabelos ruivos. Nesse caso, ela se dirigiria a mim com a rouquidão característica da paixão reprimida: eu vou te comer, de tanto que te amo. Ou quem sabe: sou louca pelo seu corpo raquítico. Incluo seus cabelos púrpuros nas minhas orações. Embora não seja uma rezadora notória. Metafísica insignificante. O que mais ocupa sua mente é a criação do mundo, a razão de tudo. Para que o Senhor precisa do mundo? O que faltava na existência divina que o levou à necessidade de brincar com a criação? Porque é brincadeira, reconheça! Talvez faltasse a púrpura, mas ninguém diz nada. Ela tem um rosto antigo, contempla os dias atuais desde tempos antigos, arcaicos. Gregos, são eles que eu vejo nela, nas sombras, na força, na harmonia. Os olhos são como de uma estátua, Juno ou coisa parecida. Hera, duas pedras preciosas especiais do tamanho de um punho fechado. Ela se ocupa das pedras preciosas? Ela as revira, como uma selvagem! A sua autoestima está a zero; acolhe, desconfiada, a minha admiração. O sarrafo de dezenove centímetros de comprimento, se você for vendê-lo, vale vinte, se for comprá-lo, dezoito. Se um bom comprador se encontra com um bom vendedor, eles acertam *em torno* de dezenove. É o que chamam de honestidade comercial. Seu queridíssimo e amado pai lhe teria explicado isso logo depois da guerra. Magro? Desajeitado?

uma mulher (20)

Há uma mulher. Ela me odeia. É miúda como um anão, um anão maiorzinho. Há nela algo de clássico, um pequeno clássico, como se viesse de setenta ou oitenta anos atrás. Beleza antiga. Tem *sex appeal*, essa é a expressão correta. Quando ela olha para mim eu fico vermelho. Quando eu devolvo o olhar, ela fica vermelha. E assim por diante.

uma mulher (21)

Há uma mulher. Ela me ama. Tem sardas e gota. As bochechas dela são cheias de sardas, "o orvalho sagrado do sol". Ruivinha, cabelos de fogo, assim gozavam dela na infância. Quando ela completou dezessete anos, a sorte mudou, as pessoas admiravam e se encantavam com as pintas, como se elas transmitissem uma mensagem secreta, misteriosa. Sinto que ela me odeia. Não consigo, penso, satisfazê-la. No início, no nosso início, eu a agredi, a ataquei, a submeti, fiz com que se curvasse, por assim dizer, brandi a espada, *valente, não?!*, ela sacudia, alegre, a cabeça. A alegria dela me assustava. Embora eu não temesse pela minha impotência. Mas depois eu me larguei, me tornei lento, permissivo; observava os nossos corpos, o que eles desejavam, e, obediente, os seguia. Acho que isso foi bom, eu em todo caso me sentia bem, e me surpreendi ao ver que ela não, ou nem tanto. A alegria dela desapareceu, o que me acalmou. Contei suas sardas mais de uma vez e nunca cheguei à mesma soma. Eu não posso ser contada, ela dizia, provocadora.

Além da gota vou mencionar dois casos. Há não muito tempo, como se de passagem, sem crítica, de forma mansa e, eu senti, e por isso registrei, triste, ela disse que ultimamente havia em mim algo que inspirava respeito, foi por isso que quando à minha fala vangloriosa, bem-humorada, simpática, de que havia tido um dia bom, ela respondeu que isso se percebia pela minha voz, eu perguntei na sequência se aquilo era uma crítica, ela respondeu com um não, oh, não, eu não teria coragem. Eu não entendi o que ela quis dizer. Era mais da autoconfiança dela que se tratava ali, disse, no dia anterior havia conversado longamente com as amigas sobre os assim chamados mistérios da vida e tinha ficado deprimida. Ou melancólica. Ela na realidade pensa, escuta, que a depressão é do indivíduo, e a melancolia, do coletivo. Dei de ombros. E por isso você está deprimida? Lembro que me espantei com a resposta curta, objetiva, nada disso, por sua causa. Comecei a transpirar, eu, imbecil, de início até me senti feliz. Guarde bem, ela disse numa outra ocasião, guarde de uma vez por todas – e nessa hora ela olhou para mim e, eu, exultante, guardei tudo, e ela continuou –, caminhe, coma bastante, cuide do seu corpo.

O que dizia respeito à gota não era típico, na medida em que o nível de ácido úrico, que em circunstâncias normais é o mensageiro fiel da doença, não se achava particularmente alto, assim, quando as primeiras dores apareceram, as dores misteriosas no tornozelo esquerdo, a partir da dosagem do ácido úrico a possibilidade de gota foi excluída e teve início a enrolação médica – sobre os possíveis azares ligados à distensão de tendões e enrijecimentos – que nos olhos deles, dos médicos, se podia ler. Para sorte dela o joelho inchou, a troco de nada, em um restaurante. Ela pediu para que eu pusesse a mão debaixo da mesa e me convencesse de que o joelho dela, lá embaixo, no escuro, como que em segredo, estava inchado. Eu me convenci. E quando no terceiro dia ele teve de ser drenado descobriu-se que o líquido de drenagem estava cheio dos malvados cristais de ácido úrico.

Nas despedidas ela costumava desenhar uma cruz na minha testa, como fazia a minha avó.

uma mulher (22)

Há uma mulher. Sente por mim o que eu sinto por ela, me odeia, me ama. Quando ela me odeia eu a amo, quando ela me ama, eu a odeio. Não existe outra possibilidade.

uma mulher (23)

Há uma mulher. Eu a odeio, é isso. Ela me odeia. Abril, é como ela me chama. Há alguns anos ela me convenceu, sejamos, como se costuma dizer, vegetarianos. Eu, na realidade, entendi tudo errado, porque ela na verdade pensava que ficaríamos muito bem sem as "exigências deploráveis dos nossos corpos", porque nos curvamos sobre as nossas virilhas, como se fôssemos obrigados, como se alguém nos ordenasse – imperativo insistente –, talvez seja surpreendente que ela diga isso exatamente agora, na cama, ela mesma se surpreende, se vê surpreendida pelo agora, agora, a-gora, não, não pare, ao contrário, não é por isso que ela está dizendo, bem, na verdade está dizendo agora porque agora, quando seu corpo está a caminho de alcançar o clímax ela não faria nesse momento observações depreciativas, como declive e não penhasco, ou coisa parecida, agora lhe ocorreu, e em outra hora seria difícil, o que seria se tivesse de parar no meio e fosse obrigada a constatar que não aconteceria nada, nada, na-da, de concreto, não morreria se agora, agora, a-gora, quando nos esfregamos um em cima do outro e dentro do outro bem promissoramente, se agora tivesse de parar ela sentiria que de fato iria morrer, pois na verdade o que acontece, acontece a não ser porque não pode acontecer diferente, pois assim o que afinal acontece, acontece por acaso, é ridículo, é engraçado, ou se parece mais com um desenho animado, sem dimensão, de certa forma como se apenas imaginássemos tudo o que existe, ou seja, que agora, agora, a-gora, não, nossos corações não estão mais juntos. Nossos corações não estão mais juntos. Ante a palavra coração, como por um passe de mágica, meu pau murchou – meu pinto, oh, Próspero! –, desanimado eu o tirei, e carinhoso peguei na mão seu corpo quente, vermelho, ofegante, bem, disse então a mulher, e na realidade ela não morreu, sejamos vegetarianos, e eu, também ainda entre os vivos, libertado, lhc dci razão, pois já me preparava para um dia experimentar como seria viver sem carne, dizem muitas coisas, isto e aquilo, há quem teve urticária, outros ficaram com a pele cinzenta, o equilíbrio neles se desestabilizou, enquanto outros falavam de alívio, limpeza e brilho, ou sobre a necessidade do afastamento do veneno acumulado burocraticamente no corpo ao longo do tempo, ou mesmo de seu rejuvenescimento. Arrastei toda espécie de livros para a cama, de receitas e guias de restaurantes. Eu a surpreendi, enquanto folheava os livros fervorosamente estendia diante dela as possibilidades, as nossas possibilidades, esse novo mundo que exatamente agora, agora se abria diante de nós, exibia sua riqueza, olhando para mim ela me admirava sem disfarces, admirava o meu pau que a contemplava vermelho. Eu me sentia como Misi Nyilas com tio Pósalaky, decidindo se deveria ler ou pular. Isso aconteceu há quinze anos. Mas pode ser que seja há nove. Desde então uma bagunça. Período de transição, ela ri, vamos pôr as coisas em pratos limpos, período de transição, Abril, e me atira na cama.

uma mulher (24)

Há uma mulher. Na verdade ela me ama, mas talvez fosse melhor se também me odiasse, a ligação seria mais forte. Pois seria terrível se num *belo* dia ela me dispensasse! Se me entregasse uma carta de demissão. Por isso preciso acorrentá-la a mim, seja como for, e bem firme. Se fosse preciso eu a humilharia. Ou ela a mim. Eu me pergunto o que seria melhor. Ela não me dá uma resposta inteligível. Seja como for jogamos bingo juntos.

Uma palavra vale por cem: sei que amar ela me ama, imagino que na mesma medida em que me odeia, mas eu precisaria saber se ela está cheia de mim. Se está nauseada. Se está até a tampa. Se não aguenta mais. Se não estiver – se gosta de mim ou não, se me odeia ou não – tanto faz, tudo segue adiante, vou com ela para a cama, enfio a cabeça no meio das coxas dela, sento com ela na cozinha, bebericamos vinho, assistimos a tevê juntos (domingo à tarde, o Zorro), leio para ela em voz alta (esquetes humorísticos de Karinthy, mais recentemente trechos de *O pato selvagem*, de Ibsen), para passear eu não tenho disposição, mas ajudo a educar as crianças, sou uma voz masculina na casa, entrego o dinheiro que ganho, porém, em caso afirmativo, se ela estiver cheia de mim, até a tampa, preciso, imediatamente, tomar providências. Dinheiro e suborno. Imposição insistente: eu em cima dela. (“Se uma brisa me ajudasse, nem uma tempestade me arrancaria de cima dela"). A humilhação e a subserviência já foram discutidas. Seja como for, só importa que ela fique. Nem assim posso cruzar os braços no colo, se esse colo for o dela. Vou acabar me conformando. (É claro que depois das muitas traições não existe mais ela nem eu, apenas a permanência. Mas era isso que eu queria, que ela ficasse, que houvesse a permanência.)

uma mulher (25)

Há uma mulher. Ela me ama. Embora não tenha isso muito claro. Preciso conscientizá-la o tempo todo. Quando estamos no banco de trás de um táxi, eu a abraço e sussurro palavras ardentes em seu ouvido. Intensifico a impotência do meu corpo nas curvas. Quando estamos comendo, eu olho para ela, em seguida para o prato, depois de novo para ela. Nessas horas eu a viro pelos ombros, para lá! para lá! para acolá!, digo, por exemplo, porém ela, imagino, só consegue pensar nos próprios ombros. Compro-lhe bombons regularmente, em especial os recheados de conhaque. Ou a vejo sobre a cabeça das pessoas, quero dizer, do outro canto do recinto. Às vezes fecho os olhos. É bela como uma fada, talvez excessivamente bela, como uma fada, uma heroína de Krúdy. ("As narinas se moviam como se ela fosse uma potranca trêmula que ainda não conheceu seu cavaleiro.") Nas coxas dela se assentam pelinhos que pela sua distribuição conduzem para dentro. Busco nela esses pelos deitados como as folhas de grama às margens do riacho, por todo lugar, nas penugens do rosto, nos barbantes debaixo dos braços, nas sobrancelhas densas, apenas isso me importa, mas eu só terei uma chance se ela não tiver medo de mim. Por isso eu a habituo a mim e eu me habituo a ela.

uma mulher (26)

Há uma mulher. Ela me ama, me ama muito. Às vezes me abandona. De tempos em tempos, me rejeita, vez ou outra, em certos dias, em determinados períodos, ocasionalmente, a toda hora, de quando em quando, esporadicamente, de vez em quando, aqui e ali. Desaparece. Desaparece como éter. Como Kossuth na neblina. Burro cinzento. Vampiro. Petőfi no campo de centeio. Perdida. Ela se reabsorve. Se reabsorve como uma operação de apêndice. Ela se volatiliza. Se volatiliza como um peido na minha cueca. Sem deixar rastro. Sai pelo mundo como o peru da mulher eslovaca. Some, desaparece. Engolida pela terra. Foge como o diabo da cruz, não, isso é exagero. Some de vista. Evapora como orvalho. Deixa um vazio. Nenhuma notícia. Neblina à frente, neblina atrás. Evapora. Fica para trás como o corvo de Noé. Seus pés alçam voo. Tateio seus rastros com uma bengala.

Não avisa, não fala, não explica, vai, vem. Vai embora, volta. Eu me dou conta aos poucos de que foi embora. De que *não está*. Durante um bom tempo suponho com razão que ela aderiu ao cotidiano, faz compras, está no cinema ou com a mãe. Quando encontro uma delas, não tenho mais dúvida. Não parto de imediato em busca da outra. Deixo algum tempo, que, aliás, agora tenho de sobra, para mim. Reviro, examino, adoço as frases. Me recordo e fantasio. *Desejaria um mundo em que as pessoas ousassem mais. Os homens. Você. Você nunca jurou amor de joelhos.*

(*... um interrogatório solitário em um quarto vazio, onde o homem de súbito se ajoelha diante da dama, e, ajeitando as ligas da meia dela, se abre sobre seus sentimentos...*") *Você não me trata por senhora. Mas você me recompensa bem, eu não penso em você.* Eu também não penso nela, não me interessa por onde anda. *Sou obrigado a flanar vestindo sobretudos masculinos!!!* Os sinais de exclamação furaram o papel. Não tenho ciúme. Isso significa que não gosto o bastante dela? Ela tem prazer em se esconder entre os jornais destinados ao lixo. Lá não há quem a procure. Em um livro, em uma fronha, atrás das ombreiras, já a encontrei dentro da máquina de lavar também, no cesto de lixo cheio (!), no jardim, debaixo da montanha de grama cortada, esquecida, pronta para virar esterco, no canil, no bolso da minha camisa. Ela confia em mim, acredita que vou encontrar todas as cartas de amor escondidas, protegidas de bombas. E, na verdade. É fria, ou melhor, é uma explosão de efeito retardado. Apaixonada, de alma, de corpo. Franca e casta. Sobrepreço vulgar, como exige o freguês. Vingativa. Falsa. Mentirosa. Ou gentil. Manhosa. Sincera. Eu me espantei quando perguntou se era como se ela nem tivesse ido embora. Você ficou bem aqui com as cartas, não é, querido? A busca é de cortar o coração, não é? As pequenas injustiças nas cartas às quais não há nem como responder de imediato, não é? Diante disso eu reajo. Mas não sei o que fazer, não tenho como mudar nada. Quando ela fica fora durante muito tempo eu treino, escondo as cartas de amor nos lugares mais impossíveis e me obrigo a encontrá-las a tempo. *Não tenha medo, querido.*

uma mulher (27)

Há uma mulher. Ela me ama, me ama muito. O tempo todo, sem dar trégua, ela se atrasa. Está sempre atrasada. Se faz esperar. Almoçou com o pai, justifica, de outras vezes diz que passeou pelo cemitério com a mãe. De um modo geral o pai manda recados dessa forma para a mãe e vice-versa. Minha pequena mensageira, dizem os pais. Aprenda com as nossas vidas, acrescentam ainda com desdém. Espero por ela. Estou sentado, olhando à minha frente, me esforço por comprimir o tempo em partes iguais, ou melhor, me esforço para contá-lo, para dominá-lo em cifras contáveis; ainda que seja muito, assim não é infinito. Ou fico de pé na janela (para vê-la logo). Ou educo seus filhos. Eles, no rastro da mãe, estão preparados para a alegria, e eu lhes ofereço justiça. Sou ao mesmo tempo severo e tolerante, minuciosamente mesquinho e generosamente desprendido. Pau na mesa e adulto admirável. Como se fosse o pai deles – e nem isso me consola. Invento castigos caprichosos, e, igualmente, os desfaço. Tenho muita disposição para perdoar... Consigo não levar em conta que tenho razão (a despeito disso, continuo tendo razão). A minha avó paterna era capaz de dar castigos de três ou quatro dias, sem erguer a voz, sem ofensas nem agressividade. Os pais de hoje são incapazes de situar os castigos no tempo; sabem ameaçar (futuro), se ofender (passado) e agredir (presente). Depois, em silêncio, retomamos a construção dos triângulos e os besouros, e eu faço perguntas desagradáveis sobre o relevo e a hidrografia da Hungria. E cuido das amídalas inflamadas do maior. Quando está melhor vou comprar jeans com ele. Um circo completo. Passado algum tempo, o dia a dia se instala: com um eu almoço, com o outro passeio pelo cemitério.

Na verdade, eu espero. Sob a superfície de todos os meus atos, palavras e gestos se arrasta o território gosmento, pantanoso, lamacento da espera. Se arrasta feito um animal selvagem. Eu o alimento de sonhos, como se de fato fosse vegetariano. Imagino a mulher (e ela existe) almoçando com o pai, o pai se queixa dos preços absurdos, nunca é ele quem paga a conta, rumina sobre a comida caseira ("oh, a vida doméstica"), se lembra da comida da esposa (a sopa de ervilha e macarrão na primavera e a costela de porco recheada), e faz com que dela também se lembre a filha que, como sempre, se atira de corpo e alma à refeição, come *seriamente*, concentrada, exploradora, com tudo o que pertence ao terreno dos sentimentos ela tem uma relação séria, comigo também ela lida com respeito e dignidade, como com a berinjela recheada. Eu sou importante como a batata com salsinha ou o *parfait* de salmão; eu não valorizo o bastante o meu passado ilustre. Imagino-a percorrendo o cemitério com a mãe, duas mulheres na escuridão do crepúsculo, não está bom assim, ou crepúsculo ou escuridão, visitam os antigos pretendentes da mãe, como este sabia dançar valsa!, bolha simpático, que grande jogador de cartas ele acreditava ser, e esse como era rico!, *steinreich*, alemão no original, foram todos seus amantes?, nada disso, só o infeliz do teu pai.

A imaginação quase imperceptivelmente se transforma em angústia. De que alguma coisa tenha lhe acontecido. Foi atropelada por um *comboio* militar. Na verdade eu vou ter de educar os seus filhos. Está bem. Afinal, posso me sacrificar. Vou dedicar a minha vida a eles. Ou seria demais?, ficaria amargurado e as crianças pagariam o pato? Não abro mão de nada, mas cuido deles. (Cuido dos problemas, bem, a tragédia não acabou com o meu senso de humor.) Sejamos realistas. Na verdade teria de contratar alguém, uma espécie de governanta. Uma governanta... Complicado, estamos no momento decisivo. Seria melhor se as crianças estivessem com ela no carro. Colisão frontal. Escândalo político, o ministro do interior se refugiaria em evasivas. E eu me debateria com o nada. A elaboração imaginária disso tudo revela que a luta contra os detalhes não é diferente da atual, a luta contra o todo. Quase sempre ela chega nessa hora, embora seja tarde, repetidas vezes.

uma mulher (28)

Há uma mulher. Ela me ama, me ama muito. O tempo todo ela se casa com outro. Logo depois do casamento soluça longamente no meu ombro, grande prostituta. Concordo vivamente. Ela investe o tempo todo. Toma empréstimos para fundar empresas e, sedutora, me encoraja também. Calça no mínimo quarenta e três, as unhas dos pés são quebradiças.

uma mulher (29)

Há uma mulher. Eu a amo. Ela é do tamanho de um armário. De um prédio. De uma montanha. De um búfalo. Se me desse um tapa eu voaria pela janela, mas por que ela faria isso? Decide coisas o tempo todo, telefona, providencia, manda faxes, funda empresas, ou coisa parecida, e tem também algo a ver com os impostos sobre a circulação de mercadorias. Sua cama é a cabine de comando de onde ela dá as ordens. Não usa calcinha. Telefona deitada de barriga para cima, sobe uma das coxas, com isso a saia desliza, e nessas horas aparece a sombra escura. Sombra, é como a chamo. Quando estou bem-humorado, eu grito: é pela sombra que se respeita a velha árvore! Por exemplo, digo: é aqui que você se esconde, sombra? Ou que enquanto o homem projetar sombras sempre haverá desgraças! A visão me faz sonhar. Ela aperta o telefone com a cabeça contra o ombro para que as mãos fiquem livres, mulher de negócios experiente. Tem o raciocínio rápido, é loira, me ama. Pergunta se eu a amo; enquanto isso, naturalmente, toma notas. O que posso responder? Hein, carinha? Seu vocabulário lembra o de um hooligan dos anos sessenta. Eu te desejo, respondo, constrangido. Olha para mim como quem não entende o que eu disse. Meu pau levanta, explico. Ela se põe numa posição visivelmente expectante. Enquanto você telefona, e na verdade você telefona quase o tempo todo, eu te desejo. Está tudo certo no registro de imóveis?, resmunga no bocal, e para mim faz um gesto para que eu venha, vamos, "me amassa". Além disso também gosto de conversar com você. Mais, mais. As duas coisas já bastam, não? Desejar e conversar, isso já seria o famoso eu te amo, não? Faz um gesto delicado como um armário na minha direção, e enquanto eu saio pela janela – vejo que vou despencar justamente sobre um congestionamento de trânsito, imagino a situação desagradável – ainda a ouço convencendo alguém a tomar um empréstimo.

uma mulher (30)

Há uma mulher. Ela me ama, eu a amo, ela me odeia, eu a odeio. Desde que eu me conheço por gente ela se submete a diferentes tipos de regime, ora regime de líquidos, ora de frutas, depois controle do corpo, ou o método da Jane Fonda, e agora ela simplesmente não come. No café da manhã, nada, no almoço, três batatas cozidas sem sal, de noite vinho com água mineral (vinho branco seco). Morre de fome, sofre como um cão. Mas emagrece. Não sei para quê. Digo, pérolas aos porcos, no meu caso cinco ou dez quilos a mais ou a menos eu nem percebo. E também se percebesse continuaria sem me abalar, nada me amarra a esses quilos que perderia. Nem sei o que faria com os quilos inexistentes, desconhecidos. Não é na vertigem pela quantidade que eu enfatizo que sou incapaz de me apegar aos quilos que tenho, o vai e vem, por Deus, não me abala. Posso assegurar que vivo e morro pelas carnes dela. Oh, isso não é bem assim, meu anjo, porque, bem, não é preciso que passe muito tempo para ela entrar no clima de pôr o vestido de gala que há três anos não era capaz de pegar nas mãos sem cair no choro, de humilhante que era a diferença entre a realidade e o desejo, e com isso eu – por Deus – iria me alegrar, ainda que, nos bastidores, os esforços exigidos pelas assim chamadas técnicas dela não me comovessem. Reconheço, um vestido de gala é um vestido de gala. Entretanto, a longo prazo, ela não emagrece. Ao se dar conta disso seus olhos se arregalam, se arregalam muito, ela se entrega a uma arrumação excitada. Vamos comer! E começa a cozinhar tempestuosamente, café da manhã refinado, dois tipos de almoço (para quê?), jantar, prepara lanche, pequenos aperitivos sem obedecer a nenhum horário. Leva um pouco para os vizinhos, e eles retribuem. Cozido de dourado é bom (até rabo de galo!), os Czigler com a sopa de repolho. Mas o auge é o goulash, o "nosso" goulash. Essa mendicância entre o vestido de gala e o goulash era ora excitante, ora filha da puta de desanimadora. Estamos cheios um do outro, é isso.

uma mulher (31)

Há uma mulher. Pois bem... ela me ama. Ela me serve goulash. Com isso, quer me subornar. Eu a avisei para que se mantivesse distante dessa *coisa*, porque ela me lembrava a minha mãe, com a passagem do tempo a memória da minha mãe perdurava principalmente pelo seu goulash. "O goulash da sua mãezinha" – o lugar-comum não poderia ser mais banal! Mas ainda assim.

Desde então ela se angustia. Eu posso dizer qualquer coisa, posso ser um ilusionista, gentil, posso rosnar, posso ser grosseiro, não consigo nada. Seja o que for que eu faça, tenha feito, venha a fazer, no dia planejado para a refeição – não é almoço e não é jantar, é mais um lanche ou um café da manhã elegante, em uma palavra, seria mais adequado chamar o dia todo de goulash, não de segunda ou de sexta-feira, mas de goulash –, ela começa com a voz embargada, há anos, começa com uma voz que permanece trêmula o tempo todo e pergunta se a minha mãe costumava usar cominho. Sempre há uma pergunta, sempre sobra. Se eu lembro que já deixamos isso claro, ela entra num discurso exaltado, as preocupações, os problemas, as questões, as dificuldades não podem ser separadas de suas conexões, e ela não acha impossível que as conexões me deprimam, ela também faz parte delas, e o que eu sei sobre o modo como ela lida com a panela, pois é ela que está com a panela, e quando ela olha para o fundo da panela, para a fervura, para o caos tomando forma, é assim que se expressa, ele é sempre diferente, ele muda – não podemos entrar duas vezes no mesmo goulash!, mas eu me calo –, o vermelho – amarronzado da páprica, os ingredientes em movimento: a batata, a verdura (pouca!) e a carne, separada a cor, separada a substância, as fibras gelatinosas, sem cor, pernas! pernas!, não existem perguntas ultrapassadas nem perguntas pertinentes, há perguntas, ou não há, mas segundo ela não vamos viver esse não há, e nem seria bom, ou melhor, seria aterrorizante se ela conseguisse cozinhar o goulash sem dizer uma palavra, talvez não aterrorizante, mas desapontador, com isso ela não quer afirmar que iria gostar ou acharia divertida a sequência de perguntas, a própria angústia, a aflição, a inquietação opressiva, o desejo e o esforço aflitivo pela perfeição não são provas de sua paixão, apenas acharia prazeroso ou divertido se fossem prova dela (o goulash como marca da paixão), e poderíamos nos poupar dessa longa digressão se eu finalmente me dispusesse a revelar o uso do cominho, seu papel, seu peso, ou melhor, seu status na velha panela.

A palavra mãe não é mencionada nem por mim nem por ela. Ficou solta, se refogou, e assim evitamos o assunto. E o que acontece com a massa? Dificulta seu trabalho o fato de que eu de vez em quando misturo dois tipos de massa. Ela engasga, de tão inquieta que fica. Como se eu não zelasse *o suficiente* pela memória da minha mãe. À merda com toda essa comilança. Ela me provoca até me enervar. Antes de sair eu telefono para saber se a sopa já assentou, porque nem me passa pela cabeça que não esteja pronta, se ela assentou o bastante, se está com a superfície lisa, porque não há razão para se mergulhar a colher numa sopa revolta, nesse caso seria melhor... Não me encha!, e desliga na minha cara.

A rua inteira cheira a goulash, digo, para ofendê-la. Entro no apartamento farejando; trêmulo. É indiferente, de certa forma vulgar, o gesto que eu faço na direção da cama, linguagem corporal, contrariada, ela pergunta, agora?, na hora do almoço? Continuo farejando. O cheiro do goulash, o cheiro da minha mãe, e o dela, este bem jovem.

uma mulher (32)

Há uma mulher. A minha mãe. Posso? Tenho uma mãe. Ela me odeia. Recorrendo a uma concepção sexista, de porco chauvinista, ela pode ser classificada como alguém de quinta, com jeito de República Democrática Alemã, evidentemente ordinária (batom, roupas, dentes), que por isso mesmo é um ser que chama a atenção e que, um dia, enquanto tomava sol estatelada, abriu e ergueu um pouco as pernas, e com isso, de certa forma, a carne na base das coxas, atrás, caiu, formou dobras, e essas dobras trouxeram à luz, exibiram, alguns pelos, pelos púbicos. Depois que o movimento cessou, tudo ficou daquele modo, escancarado.

Durante anos não consegui desviar o olhar. Não: nunca consegui desviar o olhar.

uma mulher (33)

Há uma mulher. Vamos esquecer a bobagem do me-ama-me-odeia. Essa mulher, tomando sol, classificável numa concepção sexista, de porco chauvinista, como de quinta, com uma aparência de quem era, evidentemente, da República Democrática Alemã, evidentemente ordinária (batom, roupas, dentes), mas que chamava a atenção, estatelada abriu e ergueu um pouco as pernas, e com isso a carne na base das coxas, atrás, caiu um pouco, formou dobras, e as dobras trouxeram à luz, exibiram, alguns pelos, pelos púbicos. Quando o movimento cessou, tudo ficou daquele modo.

Toda xoxota é diferente, pensei, rancoroso, ávido.

uma mulher (34)

Tenho duas mães. Uma delas é loira, a outra, morena. A loira prega, resmunga, grita, soluça, briga, antes de mais nada com o marido, que é o meu pai. Não sai com ele para encontrar pessoas nem vai a pequenos restaurantes. Fica sentada aqui em casa. Não gosta do meu pai, mas apenas da lembrança do meu pai, do meu pai concreto, presente, ela não gosta, gosta do rapaz elegante, magro de quem se recorda. Aquele de quem ela se recorda não é independente do meu pai que até hoje é elegante e magro, mas não é exatamente o mesmo. A minha mãe, a loira, tem com que sonhar, e sonha. Esse meu pai a deixa fria. Impassível, ela observa o homem; não o ajuda, com certeza.

A morena toma a lição. Para os meus pais é importante que eu vá bem na escola; para mim, não, porque vou bem. Tenho, por exemplo, de decorar o hino. O perseguido se refugiou, e o sabre o seguiu em seu esconderijo – essa parte me trazia muitos problemas. Fiquei bloqueado. A minha mãe morena abre os braços, impotente. Nisso, sereno, o meu pai se senta perto de mim, de um lado a morena, do outro, ele, e me enfia a regra mnemônica na cabeça. Atrás de mim as mãos deles se entrelaçam.

É de partir o coração, suspiro.

uma mulher (35)

Tenho duas mães. Elas me amam sem descanso. Uma delas usa peruca, a outra tem cabelos ondulados. A de cabelos ondulados não é bonita, mas é atraente. É, de certa forma, maliciosa. A de peruca envelheceu, a barriga dela estufou, como se estivesse grávida durante anos. O cheiro dela também se modificou, se tornou azedo, como pulmão cozido com macarrãozinho.

Pulmão azedo com macarrãozinho é bom, eu gosto.

uma mulher (36)

Há uma mulher, a do goulash, e ela me ama. Não pense, digo para ela, trepando, que estou aqui apenas por causa do goulash. O rosto dela fica sombrio, anuviado, e ela se atira contra mim, me agride, me bate, me espanca, onde me alcança, sem-vergonha! ordinário! lixo ordinário!, ela grita. Eu não entendo. Sinto o cheiro, delicioso! Olho para ela como se fosse uma estranha, embora faça parte de mim como a trepadeira da árvore. Réptil, trepadeira. Ela sobe em cima de mim, e abre caminho. Ipomeia. Eu a arranco de cima de mim, grosseiro, evito ser delicado, com isso só a provocaria. Faço de conta que estou furioso, chega!, vá se foder! Por um instante ela se acalma, serena, ofegante, ela para em cima de mim. Sai correndo para a cozinha. Ouço ruídos estranhos, incompreensíveis, pouco depois eu a sigo, vou atrás, bem ou mal seria bom comer alguma coisa, de pé, debruçado sobre a panela. Diante de mim se oferece uma visão do inferno. O que eu vejo não é apreensível com a razão, impossibilidade irracional, ela de pé junto da janela aberta, sacudindo selvagem a panela, derrubando o resto do goulash na rua. Rouca, satisfeita, quando me vê, goste de mim agora, se ainda for capaz. Ela está certa, não sou mais capaz.

uma mulher (37)

Há uma mulher. Chega a me amar. Promete sempre que virá. E vem mesmo. Enquanto não vem, fazemos planos. De como vai ser. Insiste em saber se quero que ela emagreça. Até amanhã?, pergunto, irritado. Eu não devo me preocupar nadinha se é para hoje ou para amanhã, só quer saber se é para ela emagrecer um pouco por mim, ou se não é para emagrecer um pouco por mim, mas é para eu dizer abertamente se não quiser que ela venha ou se só a quiser por causa das crianças. Ou por causa da roupa passada. Ou porque estou sem um objeto para o meu grande amor devasso. Ela sente na minha voz que estou de novo apaixonado e que por isso preciso dela. Se eu não tenho medo que um dia ela se encha disso.

De outro modo ela não costuma falar tanto. De outro modo ela só vem, vem e vem... Digo que para mim ela está bem assim. Justinha, do meu tamanho. Depois, apesar de tudo, eu pergunto: quantos quilos você tem? Talvez por causa do seu coração. Dos músculos e da circulação. Transportar essa carga imensa sobre as pernas! Ela dá um grito, que corpo imenso, seu vagabundo imprestável! E ainda por cima imenso! Você sabe com quem está falando? Tem consciência disso? Ou você na verdade já se esqueceu de tudo? Onde imenso? Amanhã vou te mostrar todos os gramas, e que eu não tenha mais orgasmos se você achar um pedacinho de gordura!

Nisso nos vemos obrigados a rir pois se há alguma coisa que ela tem são orgasmos. Quando começa um orgasmo mal consegue sair dele. Que poço!, ela graceja. Por centímetros ou por um fio de cabelo não percebo quando ela cai nele, mas desconfiar eu desconfio. Vou acenar com as orelhas, seu bobão. Porém quando ela diz, opa, eu logo percebo, opa, o rosto dela se transforma, lateja, fica vermelho, em fogo, radiante, quente, com manchas vermelhas, os olhos brilham e se cansam, com olheiras ("as bolsas das noitadas em claro"), o ser inteiro dela se entrega ao prazer. Mas em você se vê tudo, em você tudo se pode ler! Arrogante, ela dá de ombros, olé! E agora ela não pode ir para a rua pois seria confusão na certa, ofenderia a cidade inteira, sem falar da inveja. Mas para que eu não me sinta muito convencido não consigo ler em seu rosto se tenho algo a ver com a história... Por quê, quem mais? Nisso ela de novo, provocadora, ergue os ombros, oh, essa vida longa, tempestuosa, e cai na risada.

Amanhã ela vem. Desconfio, sem sentir vergonha.

uma mulher (38)

Há uma mulher. Ela me odeia. *I hate this situation*, ela fica repetindo, embora, na realidade, esteja pensando em mim. Pensa em mim o tempo todo, faz da noite, dia. A barriga dela parece um barril, é uma saliência lustrosa, me agrada muito. Afirma, séria, que é a irmã mais jovem de John Lennon, e nisso, rindo, eu me enfio entre as pernas dela, com a cabeça na frente. (Fui eu que a inventei, imaginei um lugar mágico no reino da ficção; um abajur ilumina o covil úmido, as calças do doutor Caligari; ela anseia pela democracia vampiresca que assoma pela janela; a mulher cede; os vampiros grudam na Europa, a mulher enojada de si mesma se lava, se parece com Marlene Dietrich, o anjo azul; a imaginação, esperançosa, busca outras empreitadas.) Ela sabe tudo sobre John Lennon, conhece toda a literatura especializada, e também as letras. Diz coisas como *I am sitting on a cornflake* ou *I am the walrus*. Não acredito em nenhuma palavra dela, mas espero o tempo todo, otimista, que ela reitere ser a irmã mais nova de John Lennon.

uma mulher (39)

Há uma mulher. Eu a amo. É obesa como uma americana, uma americana vulgar da Disneylândia, elas conseguem ser gordas assim, verdadeiros armários, hipopótamos. Vestida, coberta com túnicas, com togas, ela é extremamente atraente, pois o que não se vê se infere pelo visível, e, ver, na verdade, eu vejo o rosto dela que é cheio, mas nem um pouco gordo, não passa a impressão de obesidade, diria que parece abundante, ou melhor, dramático, não para que eu dê um outro nome à feiura ou, por outro lado, para sinalizar a minha atração noturna pela feiura (plausível), quase ao contrário, ele seria o complemento do assim chamado dramatismo da beleza e significaria que a beleza é viva, mutável, imprevisível, robusta; incha pelo esforço, se poderia dizer, como acontece com um esportista; o arco gracioso das sobrancelhas ainda sugere o cenário antigo do rosto da mocinha jovem, adolescente; a linha dura do nariz por outro lado confere certa classe, certa atemporalidade. Uma atemporalidade inflada, graciosa – há nele, portanto, tudo, a abundância é real. O cabelo também é excessivo, pesado, torrencial, gritante, é impossível amarrá-lo, contê-lo. No sentido do penteado predestinado ao fracasso toda mulher é um ensaio; cabeleira rebelde, livre: o fracasso como vitória marcante.

Quando a vejo assim, vestida, em túnicas, em togas, eu estendo a abundância também ao corpo dela, a explosão, a dramaticidade, a liberdade, a rebeldia. O carnaval da carne! De qualquer modo, na juventude todo mundo é bonito! Ao menos ela é extraordinariamente atraente. Seja como for, desejável. Elegante. Um bom bocado. Oh, não. Apesar de tudo a relação dela com o corpo é amistosa, ela não o odeia nem se orgulha dele, não é nem resignada. Gosta de si mesma, ardentemente, de modo consistente, muito consistente, sem rodeios, poderia se dizer com naturalidade, e essa naturalidade, essa empatia natural voltada a tudo que diz respeito a ela também regula a relação com o corpo. Aceitação que não é resignada, alegria que não é eufórica.

Essa multidão me perturba, me choca, me paralisa, durante alguns minutos não consigo respirar, sinto como se sonhasse esperando, ardentemente, despertar. Ao se despir sozinha ela intensifica a surpresa, livra-se da blusa com movimentos velozes, drásticos, me impõe o papel de observador, me mantém à distância; se eu estivesse mais próximo, poderia fechar os olhos, poderia me apossar dela gradualmente com os órgãos dos sentidos, teria uma chance. Não é assim que acontece. Não tenho nem como visualizar com alguma segurança os seios, não tenho tempo para me ocupar com as dimensões amedrontadoras, porque com um estalo alto ela de imediato abre o fecho da frente do sutiã, e à medida que os seios, que os peitos se derramam e assumem as formas impostas pelo peso, pela gravidade, pelos tecidos musculares, eles deixam de ser independentes, algo a ser visualizado em sua independência, não são grandes, nem fartos, não são caídos (e, se fossem grandes, seriam caídos) – eles se transformam em partes de um monstro indefinível, o corpo dela. Os seios, portanto, em primeiro lugar: não são ininterruptos; uns (um e um) pedaços de carne que se continuam atrás, na perspectiva do que vem depois não passam de uma dobra delicada, embora não haja tempo para refletir sobre essa geometria (sobre o modo como se ligam os dois ao platô mais distendido das costas, ou seja, vindos dos dois lados, como interferem um no outro, como se aplainam ou se dobram), não há tempo, somente pressa, ânsia pela nudez, porque ela já está tirando a saia, a saia nem desce, cai por si, ela se livra da saia também, como da blusa, se livra delas com desprendimento, como quem está de bem com as roupas, não tem questão com elas, as roupas a servem, quando necessário ela se livra delas, quando necessário ela as veste.

O que então se segue supera toda imaginação. Esqueçamos das mulheres gigantescas de Fellini, esqueçamos da mãe ancestral, esqueçamos das mulheres. Dos homens. Esqueçamos do ser humano. E esqueçamos do branco, vamos cobri-lo com um véu, o branco da carne branca asquerosa não é comparável a nada, deveríamos cobrir tudo com um véu, nesse tudo que é apenas ela, nada é comparável a nada, como é ameaçador um mundo sem comparações, como é perigoso, incalculável, não pode ser associado nem à neve, nem ao alabastro, nem ao cristal de neve, nem à porcelana, nem à flor dos Alpes, nem à palidez, nem à anemia, nem à palidez da morte, embora sem dúvida haja algo sem vitalidade nela, na verdade não é a ausência de um organismo, mas distância da vida. Nessa brancura desconhecida, horripilante, em cores e tecidos se amarfanham novas ondulações, dobras de carne; em especial: pelancas que pendem. A barriga, por exemplo, não é um barril ou uma imensidão, mas um acúmulo de dobras de banha.

Impossível se acostumar. De bom não tem nada, nem o exotismo. Quase, mas para ser sincero nem me nauseia. Quando meio que se deita sobre a barriga ela precisa urinar imediatamente, estou comprimindo a minha bexiga, sempre acrescenta. Talvez os próprios esfincteres tenham cedido com o tempo. Era assim também aos vinte anos. Não se pode fazer amor das formas mais ou menos habituais com ela, unir-se a ela, porque as dobras pendentes, dependuradas, caídas, impedem e recobrem: desviam. O traseiro também não é feito de duas meias esferas (firmes etc.) e o limite que as separa é uma *coisa* arredondada, nada de doces Campos Elísios ou de memórias toscanas delicadas, mas sim ignorância, peso, decrepitude, fundos de quintal ermos, terrenos baldios, ferrugens, corrimentos, lamaçais, depósitos de dejetos, onde é impossível alguém se localizar. Os muitos amassos, viradas, agarrões impotentes! Como se o próprio corpo também a surpreendesse. Não que eu fosse o primeiro homem nele na vida dela, porém, na realidade, para cada um ela precisava mostrar um caminho diferente. Eu me aproximo de mim por meio dos homens, ela sussurra.

No que me diz respeito, enfim, dois caminhos se abriam, e não vou detalhá-los por considerações pudicas de tempos antigos, mas se tivesse de falar de alguma coisa deveria ser sobre esses dois caminhos, a mulher se identifica a esses dois caminhos que eu percorro, exploro, como o herói de Kafka que passa a vida parado diante da lei. É o que me foi designado. Nada mais. Quem tiver o privilégio de percorrer esses dois caminhos – eu, eu – pode se sentir, se tiver sucesso, como um senhor do reino da vida. Antes e depois: banhas brancas.

uma mulher (40)

Há uma mulher. Ela me ama. Não a conheço. Não fomos apresentados. Está sentada à minha frente no restaurante. (Se acabássemos vindo muito aqui desprezaríamos os casais que pedissem as mesmas coisas, não teríamos coragem de desprezar a nós mesmos. Mês dos aspargos, essa doideira eu não vou detalhar. Comeríamos do prato um do outro, daríamos comida um para o outro; não me surpreenderia se para os demais isso fosse aversivo.) Ela come impressionantemente demais, na verdade devora, simplesmente joga a comida para dentro. Argh. Pede um prato atrás do outro. As coxas dela trepidam; como pelo de cavalo o ventre dela coça. Gostaria de conhecê-la. Vou chamá-la de Amál, com isso me sinto mais próximo.

uma mulher (41)

Há uma mulher. Ela me ama, ela me odeia, eu a odeio. É como se fosse a minha esposa. Ameaçador, tudo que se pode descrever com uma única comparação é ameaçador, perigoso e imprevisível. Embora a mulher seja do tipo "como se". Como se fosse. É magra como se fosse um passarinho. Fofa. Quando ponho a mão nas costas dela sinto o batimento de seu coração. (Tem um peito frágil, como de uma pomba.) Sinto também as omoplatas dela, como se tivesse asas, cotos de asas. Quando ela sente coceira eu a coço. Os ossos são delicados, mas isso diz pouco. O raciocínio dela se parece muito com o de Katinka Andrássy, mulher de Mihály Károly, uma vez que tem sempre o mundo inteiro na cabeça. Só se ocupa de pensamentos globais, tarefas humanitárias, preocupa-se com a civilização, o buraco na camada de ozônio, os curdos, os afegãos, os chechenos, a Geórgia, os orfanatos romenos, a floresta brasileira, os campos de concentração sérvios, a fome somali. As mãos dela também são como borboletas. Ela me toca como se besouros (insetos, larvas) andassem sobre mim. Quando está longe ela leva roupas para a Transilvânia, organiza encontros servo-croatas secretos ou desfila em Viena com mais quatro na defesa dos hipopótamos, eu ando pelo jardim, inspeciono os formigueiros, cuido de colmeias de marimbondos (da última vez eles se instalaram na caixa do correio, pesquei as cartas com uma vareta), acompanho atento as batalhas entre moscas e aranhas (desiguais), não sinto nojo nem das lacraias (medo eu tenho), e se for época (cai no mês dos aspargos) passo em revista os besouros. Ela se aproxima de tudo por meio de princípios, de mim igualmente, mas também dos próprios ossos, embora eles sejam os ossos mais chamativos do mundo, pedras angulares do reino dos sentimentos. É engano achar que nos completamos com harmonia, os princípios dela e a minha concretude. Eu pego nela, ela reflete sobre as relações referentes a mim. Eu na cama, ela na cama dela. Soa como se tudo estivesse em ordem, como se houvesse uma ponte entre a terra e o céu, embora seja somente um gracejo da língua húngara.

uma mulher (42)

Há uma mulher. Ela me ama. Mas não morre por mim. Eu era um jovem esbelto e elegante quando lhe levei uma flor dos Alpes, embora eu não costume levar flores dos Alpes para mulheres (nem sabres), mas ainda assim acontece de tempos em tempos de eu levar uma flor dos Alpes para uma mulher (mais raramente sabres). Nessas horas, imediata e inesperadamente, repetidas vezes, o arrependimento me atormenta, o sentimento paralisante, amargo, da traição. Quando lhe contei isso ela assentiu animada, concordou com a aversão que eu sentia por mim. Na dúvida, ela disse, pedante, e pôs as flores na água, você poderia estar apaixonado por mim. E apressada, sem pensar, levantou a saia para mostrar as coxas, a parte interna das coxas, a meia preta desfiada. Descortinou-se uma visão terrível, uma cratera selvagem, como uma explosão. Como se um tigre a tivesse destroçado. Era como se pudéssemos ver a agressão paralela das garras. Fios de meia, pedaços pretos balançavam sobre as carnes assustadoramente brancas. *Vou enfrentar o tigre.* (Desde então, nas ocasiões mais diversas, no 15 de março ou em jogos da seleção, durante a projeção de um filme de Bergman, *O sétimo selo*, à chegada do sangramento de algumas mulheres ou num acontecimento significativo no anel rodoviário ou logo depois do aperitivo, durante a queimada de folhas secas, durante a lavagem ou a troca de fraldas, no caso de uma gripe ou se o nível de triglicérides estiver assustadoramente alto, no início do período de uso dos aquecedores, no aniversário de casamento de Boris Yeltsin, na festividade de Pedro e Paulo, quando uma ferida no joelho se torna purulenta, ou ainda na morte do velho Baradlay, repito, com a variante apropriada da conjugação: na dúvida eu poderia estar apaixonado por você.)

uma mulher (43)

Há uma mulher. Ela me odeia. Eu a amo. Fico paralisado diante da beleza das pernas dela. Enfeitadas. Ou são apenas as meias? A cor de fumaça e o brilho de lantejoulas prateadas e as suaves ligas ultrapassadas? O que você fica olhando?, ela grita com desdém, você acha que está escrito aqui quem eu sou? Arrogante, eu balanço a cabeça, de certa forma está, sim, escrito, em seguida olho para uma das coxas... para a meia e sei... Nisso ela interrompe: Quem sou eu na verdade? Eu concordo, é isso mesmo. Aconteceu há muito tempo (elegante, esbelta). Quantos milhões de vezes ela passou em volta do meu pescoço essas pernas, quantos milhões de vezes eu enfiei o rosto no meio do brilho de lantejoulas prateadas das coxas cor de fumaça, e nem assim eu sei quem ela é na verdade. Nem me interessa.

uma mulher (44)

Há uma mulher. Ela me ama. Eu a odeio. Sinto, primeiramente, obrigações perante suas coxas – tem seios lindos –, mas atualmente gosto de suas coxas, da parte interna, aveludada, das coxas. Sou capaz de ficar acariciando-as, lambendo-as, durante horas. Tudo que faz ou pensa ela diz em voz alta. Se não é para parar, ela diz: não pare. Quando me odeia, ela diz: eu te odeio. Quando está lavando louça, ela diz: estou lavando louça. Mas diz também: vou lavar louça. E se mais tarde alguém entra ou entro eu no quarto, ela diz: terminei de lavar. (Não me toque, acabei de lavar louça.) É como se ela banhasse tudo em luz, todo canto úmido, escuro. Não há escapatória.

uma mulher (45)

Há uma mulher. Ela me odeia. Eu a odeio. Mas não tenho nenhuma certeza disso porque esqueço de tudo que diz respeito a ela, a não ser de seu rosto. Sou fixado no rosto dela. Ela deve ter notado. Quando faz caretas ao telefone, e acontece de ela fazer caretas ao telefone, ela diz agora estou fazendo caretas ao telefone. Pergunto por que ela diz isso, e não há garantia, embora não tenha significado, de que eu também não esteja fazendo caretas. Para que não tenha rugas!, graceja, triunfante. No rosto dela eu leio o que aconteceu comigo na hora ou hora e meia anterior. Quanto mais leio mais eu sei. Quando quero saber, eu leio. Quando não há o que ler, não sei. Sou presunçoso como um galo novo.

O pescoço dela é coberto de manchas avermelhadas, seu rosto lateja, alterna palidez e vermelhidão, ou melhor, primeiro palidez com palidez e, de novo, com palidez, que é quase brancura, e então dela saltam, não, dela se multiplicam as manchas vermelhas, para que depois se reúnam, e assim a vermelhidão se alterna com vermelhidão e de novo com vermelhidão, quase escarlate, e nisso se imprime novamente a descoloração. Essa é a cor. O rosto é descontraído, revolto, turbulento e caótico, tem uma marca, brilhante e opaca, cansado e fátuo. Assim anda a minha vida. Não há escapatória.

uma mulher (46)

Há uma mulher. Nas semanas pares (2, 4, 6...) ela me ama, nas semanas ímpares (1, 3, 5...) ela me odeia, mas toda semana ela procura mudar a minha vida. Em determinada semana, não saberia dizer se par ou ímpar, fala de casamento, do nosso casamento radioso, ao qual não pode faltar "ninguém", e depois me chama com seriedade de senhor, pelo nome e sobrenome. Tem cheiro de couro, como uma bola de futebol nova. Quando ponho minha mão entre as coxas dela a mão fica azulada de frio. Como se fosse natural de Moscou, penso. Moscou, Moscou, Moscou! A boceta primaveril cheira bem.

uma mulher (47)

Há uma mulher. Hesita em me odiar. Quando a vejo se aproximando em seu manto bege esvoaçante de primavera, como por um passe de mágica eu me transformo num entediado. Nem sozinho eu ficaria entediado desse jeito. Como se em um concerto eu de repente sentisse sono, começasse a bocejar, as pálpebras se fechassem, a minha cabeça caísse para a frente. Nisso ela desconfiaria, acharia que o tédio sem limites *dela* estaria atuando sobre mim, me derrubou, e por isso pediria desculpas. Com isso eu me reanimaria. Com certeza se ela estivesse de saia curta. As coxas (ou as meias?) dela são longas como as de uma menina pop dos anos sessenta. Aproveitando a vantagem do mal-entendido, superior, pretensioso, consigo conversar bem com ela, ser amigável, interessante, levemente frívolo, sensível, com a mente aguçada. Falo como se tivéssemos superado tudo, com calma, com uma piedade estendida a nós dois. Esse é o instante em que a desejo e nessas horas ela também saberia responder se me odeia.

uma mulher (48)

Há uma mulher. Od. Quando a vejo sou obrigado a respirar fundo. A cada final de manhã fico tonto. Fico nervoso. Pelo nervosismo, bocejo. E a contamino. Ficamos parados, ela com seu silêncio, sua sabedoria, sua simpatia natural, seus movimentos suaves, sua educação, seu ciúme, sua pureza, sua castidade, sua inocência sábia, e nem sei mais com o quê, enquanto eu sou o vazio, em mim ela existe, com o silêncio, a sabedoria, a simpatia natural, os movimentos suaves, os dois seios soltos, os pelos delicados, a discrição, o ciúme, a pureza, a castidade, as coxas que se esfregam, a falta inesperada de forma dos tornozelos, a inocência sábia, ficamos imóveis e bocejamos impotentes um para o outro.

uma mulher (49)

Há uma mulher. Am. Irradia sensações por todos os poros. Tudo nela é zona erógena, qualquer coisa, o dedão do pé, a dobra dos joelhos, os cotovelos, os molares proeminentes. O que a rodeia também; quando eu entro na cozinha ela se excita. Não tenho culpa, ri como uma menina. Tudo que diz respeito ao corpo dela é bom, ou melhor, o que diz respeito às zonas erógenas, além das quais ela não tem nada de bom. A vida a fortaleceu. Vive sozinha há muito tempo. (Mas há quanto tempo...!) Vive pelo filho, lhe dá tudo. Ela chegou a abrir uma loja de chapéus. É uma mulher de negócios durona, habilidosa, esperta e impiedosa. O que ela toca vira dinheiro (a não ser eu). Quando a ouço dando ordens, meu estômago fica apertado. Só não tenho medo dela quando estamos na cama. Nessas horas ela age comigo como se eu fosse seu filhinho, me dá o que eu quiser. Por outro lado lida comigo como se eu fosse um vendedor na loja de chapéus. Um atacadista. Ela não disfarça que os interesses econômicos a guiam. Seria bom se eu me adaptasse melhor ao mundo dos negócios. Nesse caso poderia antecipar seus dissabores, eu não a irritaria e ela não me agrediria, eu não a atrapalharia e ela não me anularia. Entretanto, como nas coisas do dinheiro eu sou um idiota, não tenho escolha, caio fora do apartamento dela sem estar completamente vestido. Arrasto a calça pulando numa perna só, como numa comédia barata. Nem no metrô a minha camisa não está toda abotoada. Amarro os sapatos na escadaria. Querida, penso comigo nessas horas. Embora os vizinhos me observem maldosos. É verdade, eles não têm coragem de dar um pio, sentem medo dela, e eles não contam nem com a doce possibilidade, que tenho, de fugir, ainda que desajeitado, de ir embora.

uma mulher (50)

Há um homem. Od. Não, é mulher mesmo. Escrava da gramática. Ela me atormenta com o assim chamado sujeito da terceira pessoa do singular. Vamos ver, digamos, pois na verdade quem diz é ela, Eduard, quanto vale a província de Gales. Semanalmente e não toda semana. Não deixemos o gerúndio se propagar. Cuidado com os verbos irregulares! Ainda que seja inútil! Ainda que sejam populares! Não precisamos agradar à massa.

Vou lhe dizer uma coisa. Vejamos estas frases. Devem existir porque você existe. Por isso são frases. Só posso dizê-las a você. Mas... mas o que se pode fazer se morreu aquele a quem pertenciam igualmente outras frases? Elas existem ou não? Você entende o meu problema, elas ficam rodando na minha cabeça, portanto existem... sem que sejam enunciadas nunca mais? Nem para você?

De que espécie de frases se trata?

Ela tinha uma amiga de verdade chamada Borsika Hámori que morreu como Berlioz n'*O Mestre e Margarida*, teve a cabeça decepada pelo bonde. Rolou, ela viu. E essa Borsika Hámori corria atrás de calças como os homens correm atrás de saias. Poucos deles. Mas ela compreendia Krúdy, ou melhor, o fato de que Szindbád não era apenas sentimental, sonhador, gentil, porém masculino, vazio, alguém que precisava se completar, precisava, precisava. Szindbád era a necessidade, não o charme. (Oh.) Ela era uma mulher de negócios duríssima, transformava o que tocasse em dinheiro. Isso lhe doía e ela receava, receava que se aproveitassem dela, e se aproveitaram. Encontravam-se toda madrugada, havia um local em Rózsadomb, um lugarzinho delas, e nessa hora Borsika Hámori já estava cansada, mas era a hora delas, conversavam sem parar, ela ouvia tudo, toda história de merda, porque apenas uma parcela pequena das histórias de Szindbád é coberta de ouro, a ponta do iceberg, o resto é frio, um fio que escorre, estremecimento, refúgio. Era sorte ela estar lá. Quanto elas não riram juntas dos muitos homens e mulheres, pois era indiferente serem homens ou mulheres.

Ouvi frases que até então eram apenas para Borsika Hámori. Fiquei angustiado. Quis ir embora. Ela permitiu que me aproximasse de algo para que eu não era digno, maduro, interessado – e pronto. Parece que eu não sou Borsika Hámori.

Fique.

uma mulher (51)

Há uma mulher. Am. Teve, tem marido. Quando penso nele, raramente, penso: nosso marido. Quando pergunto se o seu ex-marido ainda a ama, ela dá de ombros, irritada, e diz: o pobre Karsai não está bem. Este é o nome do marido dela.

Ele não encontra uma mulher, alguém, uma parceira, a despeito de ser um homem muito atraente, alto, elegante, magro, moreno, um galã, embora tenha ganhado uns quilinhos ultimamente, mas apenas quem o conhece há mais tempo nota, pelo passado. Perdeu a autoconfiança, ou melhor, a serenidade. Substituiu-as por grosseria. É um acadêmico, especialista em italiano, sabe tudo sobre os italianos, sobre o barroco italiano. Mas sabe tudo como os outros comem, como fazem amor, leem, jogam futebol ou passeiam. Como respiram seria muito. E o que sabe, ele sabe em excesso, de sobra, é demais, ou seja, não sabe apenas que a carta de Zrínyi, que traz novos aspectos para o julgamento de Pázmany, cuja cópia não muito fiel está na biblioteca de Frakno, e que pode ser encontrada numa aldeia do Piemonte, não deve ser procurada na paróquia, mas que também só vale a pena ir lá de tarde, porém não antes das três, pois nessa hora o respeitável zelador ainda está cochilando, e não depois das cinco, porque nessa hora ele já estará lendo, e se tivermos juízo não aceitaremos o vinho branco que com palavras melosas (em italiano) ele tentará nos empurrar, apenas para desviar a nossa atenção do tinto, que por ser ótimo ele prefere não oferecer a estranhos. Seu saber é acadêmico (de fato: de matiz flagrantemente católico), preciso (tagarelice filológica) e divertido. Vê-se que ele tem na cabeça Zrínyi, o século XVII inteiro, o papa piemontês, o sabor do vinho tinto e o instante em que fala de tudo.

Se hoje em dia eu o encontro por acaso, raramente, ele fala de outro modo. Eu nem saberia dizer o que ele tem na cabeça. Bocetas, ele diz, o cérebro dele está cheio de bocetas, não há nada mais nele. Fala dessa maneira, não apenas a dois, mas também em público; tem prazer em usar palavras como a mencionada boceta ou caralho, foda e corrimento. Ele as solta com gosto, pois hoje em dia não existe (não há) escândalo – choque também existe somente por etiqueta, cansaço ou educação, talvez por amor –, não existe um outro mundo, uma outra margem de onde isso tudo possa ser visto, onde esperanças poderiam ser lapidadas, de onde a resistência poderia ser nomeada, oposição de onde o desrespeito poderia ser designado, não há, não existe, por isso tudo é sofrido, ligeiramente incômodo, insolentemente desagradável. Não tem mulher, é o que eu mais penso, embora isso não evidencie a realidade, ele na verdade tem mulher, tem mulheres, ele as troca, acaba de se casar com alguém, não imagino que vá durar muito, vi como ela se envergonha, como se envergonha do marido – é uma coleguinha, ele descreveu o efeito do corrimento dela na calcinha –, seria bom se ela se orgulhasse do furor inegável das descrições do marido, dos detalhes criativos dos relatos, embora nem assim ele tivesse uma chance.

Com a mulher, como posso dizer, com a ex-mulher, eu falo cada vez mais sobre esse Karsai. Está com pneumotórax, é a última, com isso ele prende as mulheres, eu digo, de certa forma jogando com a simpatia delas, reflexo maternal, pneumotórax, presa fácil. Essa é a situação agora com o pobre Karsai, eu conto. A mulher ouve, vou embora desta casa, ela diz, depois, calma, como se pedisse um saleiro ou coisa parecida.

uma mulher (52)

Há uma mulher. Od. Faz e desfaz, gira, corre para a cozinha, liga três eletrodomésticos, o micro-ondas, o forno, a lavadora. Faz torradas também. Faz caretas, como num filme mudo. As máquinas, em sequência, emitem sinais, se iluminam, apitam. Uma delas sou eu, os homens bebem xerez envelhecido, espanhol. Ficam completamente tontos porque é muito doce, um doce muito diferente, se embriagam. No quarto trancado a chave um bebê se atraca com uma cobra; sua irmã acompanha sem se mexer. A mulher agora esquenta as vieiras com arroz, acrescenta pedacinhos de caranguejo. Escolhe um vinho. Põe a mesa. Comem. Os homens elogiam a comida. Não está muito seca?, pergunta a mulher fazendo cena. Sim, sussurra um dos homens para o prato. Não se pode fazer uma pergunta como essa para os senhores? Os homens não respondem, a mulher tira a mesa, o marido ajuda, traz queijos. Gostosos. A noite chega ao fim. A mulher soluça, debruçada sobre a mesa. Os dois homens, um deles eu, o outro supostamente o marido, enchem a lavadora vazia. A cobra continua se debatendo com o bebê. A irmã já cochilou, tem os lábios doces, como se tivesse tomado xerez. Eu não estou mais na casa, e nem penso nela.

uma mulher (53)

Há uma mulher. Amod. Não quero falar com você, grita. Na verdade quer dizer que não quer mais falar comigo. Se a nossa história fosse mais épica, ela diria, teria dito, que não queria *mais nem* falar comigo. Ou acreditaria nisso. O que passou, passou, e agora chega. Mas não. Há o que há, ou seja, nada, portanto nada a dizer. Desde então eu falo para ela (com ela), falo sem parar; enquanto isso ela não me abandona. Vejo que nas pausas para respirar ela me largaria. Por isso mudei a minha técnica respiratória.

Compro relógios de uma atriz idosa. Quase não tem cabelos, rarearam completamente, na frente caíram, a testa avançou, ela ficou com uma testa ampla, masculina. Fala sobre os seus amores, amável e desprendida, ou sobre a técnica da respiração. O desprendimento dela me surpreende, fala de uma liberdade verdadeira que contém algo de recato. Não se apresenta mais, não tenho vontade, ela diz, não tenho vontade de me exibir. *Vanitatum vanitas*, eu digo, idiota, ela diz. Eu não me ofendo, é como se ela tivesse remexido os meus cabelos, idiota. Não, não é nem um pouco por vaidade que ela não sobe ao palco. Não se trata de vaidade. Ela na verdade foi atraente na juventude, bonita nunca, não quente ou interessante, mas se via em mim a paixão, meu anjo, lia-se em mim o desejo. Eu era atraente, tive caras interessantes, isso se vê. Não me incomodei com a velhice, aos cinquenta anos fiz o velório da minha bunda, foi isso.

Eu me cansei, meu anjo, é simples assim, e eu me lixo para o público. Se o mundo me interessasse, os andaimes que o representam me interessariam. Eu me lixo. Ei!, eu me lixo para todo mundo, disse, triunfante. Para mim também?, eu pisco, como um menininho. Tenho intimidade com ela, como se a conhecesse, embora contemos apenas com essas duas horas semanais, duas vezes, sessenta minutos, ela não olha para o relógio, passado um tempo ela diz apenas, por hoje basta. E isso leva sempre exatamente sessenta minutos. E ela nunca precisa interromper uma frase, ou um pensamento, a hora chega ao fim por si própria. Acho que é coisa da técnica respiratória. Você também, é claro, eu me lixo também para você, meu anjo, mas não se incomode, você não tem nada com isso, é a idade. A velhice é deterioração; deterioração, estrago, aniquilação, a velhice é retirar-se do mundo. Não há mais lugar porque não há forças para ficar. Ou não há vontade. Não se trata de orgulho, eu me lixo para mim mesma. É por esse descaso que não há mais lugar. No início eu gostava da coisa, isso não me interessa, aquilo também não, quase me orgulhava, não dependo disso, daquilo também não... Mas de nada?! Como de nada?! Eu sentia que acabaria mal quando o meu rabo caísse. Está na ponta da língua, por que ela não se mata? Acho que ela sabe que isso eu não vou perguntar, apenas se lixa para as respostas e os atos possíveis.

Falo a torto e a direito com a mulher sobre a melhora da minha técnica respiratória, sobre a Europa, sobre os hunos, sobre Maria Madalena, Miklós Szentkuthy, János Bolyai, sobre a barriga dela, as flores comestíveis, os caramujos, sobre mim, sobre ela, não falo sobre atrizes velhas. Falo principalmente sobre ela, a mulher, não como se com isso ela se apaziguasse ou se emocionasse ou se imobilizasse ou prestasse mais atenção, não espero nada disso, gosto de falar dela. Acima de tudo de seu corpo. As comparações jorram. Você parece um cartão-postal do fim do século. Naquelas fotografias de tom acastanhado se vê essa espécie de barriga, esse travesseiro um tanto suave, enlouquecedor, macio. Como se na época os corpos tivessem certa inocência que depois não se viu mais. Talvez não fossem cultivados como hoje, cresciam por conta própria, e por isso projetamos neles a inocência da natureza. As cachoeiras! O gordo era gordo, pronto, não se tratava de excesso de peso. Nesses retratos acastanhados gastos vejo você... tomemos um exemplo... o excesso de traseiro que apesar de tudo não... mas é maciço... não é achatado, não é imenso, você entende... Por causa de seu movimento? As coxas são a mesma coisa em verde. Como se não tivessem músculos, embora sejam marmóreas. Nem músculos, nem gordura. Seria carne? Ela me mede desconfiada, o que eu posso estar querendo? Pois eu não quero nada – desde que, coisa que ela sabe, não me abandone –, gosto de ficar olhando para o corpo dela. Aqui e ali eu o beijo, dou um beijinho, a olho, dou umas mordidinhas, na coxa, no ombro, no pulso, na barriguinha. Como se uma estátua ganhasse vida. Como os pelos são sedosos! Ontem a atriz disse que a minha técnica respiratória não iria melhorar mais. Então vai me descartar? Não respondeu. Eu ri, desajeitado, estava assustado, ela vai me deixar, pensei, é o primeiro sinal, solidariedade feminina. A senhora nunca envelhece, gaguejei. Silêncio. Deveria dizer mais coisas assim? Quero saber se no futuro, com a passagem do tempo, eu deveria dizer coisas assim. Por que você diria? Para saber se ela engoliria essas ideias ou não. Se ela riria de mim ou se acabaria gostando. Porque ouvi que as mulheres engolem todas essas baboseiras. Você ouviu bem.

uma mulher (54)

Há uma mulher. Odam. Quando estou perto dela, no abrigo úmido de suas axilas, dos cantos de suas pálpebras, junto do seu ânus, dos tremores de seus tendões (dobra do joelho, Aquiles, pescoço, dorso das mãos), da depressão de seu umbigo, do movimento de seu rabo, sinto que não conheço ninguém nem nada, que estou em território desconhecido. Sou incapaz de memorizar qualquer coisa, a não ser ela. Olho para o relógio, e quando ergo os olhos esqueci da hora. Sinto tonturas, os olhos lacrimejam, o meu braço direito formiga. O meu senso de equilíbrio também se modifica. Por prudência, não sei, parece que todo mundo se arrasta. Como se visse mortos se arrastando. (Portanto não tenho nem como decidir se eles se arrastam depressa ou devagar.) Somente ela vive. Eu também me movimento mais lentamente. Isso a enerva e deprime, o fato de eu sempre ficar para trás. Ela acha que quero deixá-la. Levanto as pernas tão devagar que preciso mesmo pensar nisso.

uma mulher (55)

Há uma mulher. Ammm. Ela só se dispõe a me encontrar em cafés tradicionais ("os tronos da solidão"). Ela engordou e os dentes também não estão em ordem, mas é difícil saber o que há com eles, ela repete, enquanto os bate e sibila. Ela se esforça para que os nossos diálogos sigam certa ordem, na essência ela se esforça para que o lugar, a hora e o acontecimento sejam triádicos. Quando ela silencia, eu digo que a voz dela está estranha. Ninguém me ajuda, todos querem alguma coisa, perdi a cabeça, e, nessas horas, a minha voz fica mais grave, o senhor tem bons ouvidos. Sim, respondo, ninguém a ajuda. Nós dois pensamos em mim, ela com amor, eu, por enquanto, com indiferença.

uma mulher (56)

Há uma mulher. Odod. A meu ver ela é velha, segundo ela, não, embora esse não seja um tema de discussão entre nós. Ela usa blusas de seda sintética de cores berrantes. Pinta o cabelo (amarelo-palha). O tecido das tiras do sutiã forma bolinhas. As unhas dos pés são quebradiças. Parece uma garçonete atraente cheirando a suor. Também cheira a café. Gosta de dinheiro e dos corpos, também do próprio corpo. Não há exceção, todas as blusas são justas, nos ombros elas se esticam e formam pregas nos braços. O mamilo marca a seda. Seda sintética. O mundo todo olha para ele, mulher, homem, criança, adulto, velho, jovem, católico, protestante, pobre, rico, liberal, conservador, branco, negro, militar, civil, vertebrados, invertebrados, crentes, ateus, homossexuais, heterossexuais, poetas, prosadores e outros mais. Eu de pronto compreendi a protuberância pontuda, diferença, fragilidade, subserviência universal (e compreendi também a minha condição particular de que logo vou falar). A protuberância a amarrava à existência. Eu disse a ela. Mais exatamente, eu chamei a sua atenção. Ela começou a rir, gargalhar, como se tivesse recebido um grande elogio, especialmente quanto à existência. Mas eu não queria elogiá-la, queria virar o jogo a meu favor. Enfiá-la na porra da vida. Além de mim, e eu me juntei à risada, ninguém via seus cabelos grudados, suas tralhas de mau gosto, a roupa de baixo gasta, as unhas dos pés com micose, todos viam a protuberância incrível, ninguém a via como eu, uma garçonete decrépita, atraente, cheirando a suor e café, ninguém a via como era de verdade.

Ela olhou para mim com desprezo, quer que eu me sinta agradecida? Que eu me apaixone por você? Ou coisa parecida? Aos olhos do mundo sou apenas as duas protuberâncias? Está bem. E você, que porra você é? Mas estamos bem, a protuberância e eu, não há discussões entre nós.

uma mulher (57)

Há uma mulher. Am. (Me ama). No verão, ela viceja. Como as joaninhas na luz de maio: a paralisia dela cede. Usa saias coloridas, provocadoras, não receia as minissaias que pouco combinam com a sua idade, é verdade que suas pernas são um espetáculo, as blusas são leves, como velas – tudo nela é esvoaçante. Não se depila debaixo dos braços. Fumante inveterada, tem os dedos amarelos; de tempos em tempos, não sei que fatos a induzem, ela tenta parar de fumar, nessas horas sofre, e disso muito se orgulha. Depois cede, e pede para que eu sopre fumaça em seu rosto. Eu deveria sentir ciúme dos círculos azulados, pelo modo como ela fecha os olhos, como os aspira. Fica muitas vezes melancólica, eu interpreto, grosseiramente, que está de mau humor e procuro animá-la. Apesar de tudo, o meu engano acaba tirando-a do torpor. Sorri para mim como se eu fosse um mago. Eu rio abobado, satisfeito. Outra questão é saber se nesse momento também não vigora um princípio residual, sombrio, porque a animação sempre me pesa, e à medida que ela emerge, eu caio inapelavelmente na vala que nós mesmos cavamos. Ela não procura me animar. Ao contrário, ela me castiga. Afirma que quer falar sério comigo. Ela sabe muito bem falar sério comigo, consegue me fazer acreditar que a questão não sou eu, mas a seriedade, e com isso eu me envergonho menos. Ou melhor, não me envergonho. A situação é mais difícil quando ela está deprimida e deseja falar sério comigo nessa hora. De súbito começa a me tratar por senhor. Também na cama. Diz: O senhor é o meu lar. A minha segurança. No senhor encontrei um porto. Em vez de rir eu abaixo a cabeça e penso no quanto gosto dela. O amor como ideia – que desgraça! Ao longo dos anos a pele dela fica cada vez mais escura. Ou manchada? Talvez sombreada. O corpo dela se sombreia. Passeia com um galo numa coleira, como se fosse um cachorrinho. Leva-o para todo lado, para fazer compras, ao restaurante, à estação de trem, ao aeroporto. Enquanto isso, balbucia com ele. Eu não gosto do galo, seu nome é Charles, Charlie.

uma mulher (58)

Há uma mulher. Am. (Odeia.) Quando põe os pés para fora de um restaurante e acende o cigarro eu pergunto: Para quê? Ou quando ao se espreguiçar ela me dá as costas, no grude matinal, e ao lado do despertador, cega, apalpando, pega o cigarro e o fósforo, eu no ato pergunto: Quantos hoje? Procuro atuar sobre a sua razão, cito a ciência médica, as estatísticas de câncer, as imagens de pulmões em que se vê bem o depósito de alcatrão (talvez alcatrão), geada negra. Chamo a atenção dela para a importância da defesa do meio ambiente. As geleiras para você são irrelevantes? (Às vezes sinto que ela sussurra que devo me achar uma geleira. De outras vezes, irrelevante.) Os dias das geleiras estão contados. Pobres geleiras órfãs, ela ri, e me sopra a fumaça na cara. Eu não despejo nela as minhas observações, os meus comentários sabidos, as perguntas desagradáveis, as caretas, a minha atenção constante, depreciativa, por mal, e ela também sabe disso, sabe que sou movido pela racionalidade, para levar a racionalidade à vitória, e, em princípio, ela me apoia – pois assente, turbulenta, na minha boca –, de tempos em tempos acaba por se cansar, a consistência, seja qual for o tema, é difícil de ser tolerada por muito tempo, ela explode e faz um gesto de repulsa, de desprezo, que, inesperado, também me atinge em cheio, sinto uma humilhação que não posso deixar sem resposta, pois não sei o que deveria ter feito diferente, não deixo então que ela deslize a meu lado e que eu fique ali com as palavras coladas em meus lábios, ofegante, não, isso não, minha cara, nós vamos duelar, eu aperto os pulsos dela com força, vejo o medo em seu rosto, nisso eu me envergonho, ela vê vergonha em meu rosto, se inflama, o ódio dela me devolve a coragem, não, chegamos a esse ponto, e de novo aperto seus pulsos, ela sente dor, geme. Isso tudo pouco ajuda as geleiras.

uma mulher (59)

Há uma mulher. Od. (Me ama.) Não me ama, mas também não me odeia, parece alguém interessada. Parece mais uma mulher malaia, que eu não vou detalhar. No rosto e nos olhos da mulher malaia o homem húngaro – alguns – vê sempre um ardor erótico. Quando não vê, ele se ofende, vá para o inferno, diz, e dá um pontapé no traseiro dela, ou melhor, um pontapé na bunda. Que porra quer essa vaca, diz o homem húngaro. A mulher húngara – algumas –, ao saber disso, cai no choro, meu benzinho, diz, e abraça a mulher malaia, por que você não prende o cabelo? Querida, assim você parece *muito* cigana, é enganoso, e chora mais um pouquinho.

Ela é interessada; se interessa. Muitas vezes também se esconde e provoca mal-entendidos. Nos lugares disponíveis em um café dos mais tradicionais ela se senta sobre as pernas cruzadas. Curvada, enlaça, abraça os joelhos e os separa, embora eles estejam na altura do rosto. Seja como for é assim que *me parece.* (Seria interessante saber onde estão na realidade seus joelhos e o que os acompanha...) A relação entre as culturas é seu hobby, mais que isso, é seu tema, cavalga sobre ele, é sua mania, compreensível uma vez que ela é sempre tomada por cigana.

Para ser sincero eu mesmo me decepciono quando não encontro em seus olhos o ardor erótico, mas eu nunca me queixo. Quando o ardor existe, o brilho que oscila entre o horror e o prazer, eu não o levo em conta. Embora eu não queira parecer melhor que a assim chamada realidade, pois quando nos olhos dela, no rosto, eu encontro o abismo ofuscante eu gozo sozinho (me molho concretamente). Ela percebe de imediato, em qualquer lugar e a qualquer hora, no campo e na capital, na Hungria e em Viena, na ditadura e no sistema pluripartidário; se ela se incomoda ou se sente orgulho, por ela ou por mim, é difícil dizer. Ela me dá um lenço para que eu me limpe. Um porto seguro na minha vida, o lenço. Tenho duzentos e trinta e sete lenços. Gostaria de passar de mil. Fico pensando no que seria então, mas não chego a lugar nenhum. Duzentos e trinta e sete ou mil e dois, dá tudo na mesma, não? Talvez o mil e dois seja o que há de húngaro em mim, no assim chamado homem húngaro.

uma mulher (60)

Há uma mulher. Od. (Odeia.) Eu a amo. Em algumas ocasiões seria capaz de matá-la. Ou quem sabe não matá-la, pois não sei o que isso significa, mas dar-lhe um tapa. Surrá-la. Atirar-lhe um prato. Ou a panela de pressão. Bem, isso poderia matá-la. Ou dar-lhe uma boa facada. Porém não pelo homicídio, mas pelo ato, pelos músculos. Tenho de fazer algo pelos músculos. Seria menos perigoso se aos berros eu virasse a mesa, coisa que não custaria pouco e que durante dias me faria lembrar dela, embora esse não seja um objetivo. A força motriz representa o desespero diante do sentimento de impotência. Trata-se da constatação repentina de que o conflito e o mal-entendido não são tratáveis, no sentido de que não há nada a se fazer. Pois ela também está em movimento, em especial se vê obrigada a andar, ela também *acerta* alguma coisa. E o mal (do entendido) para ela deve ser como para mim a mesa. A diferença é insuportável. Por isso tenho de lhe dar uma bofetada no rosto ou achar um outro meio de acertar as contas com ela.

uma mulher (61)

Há uma mulher. X. (Me ama.) Mais am que od. Principalmente mais. Temos medo um do outro, ela tem medo de mim porque tem medo de todo mundo, eu sinto medo dela, sinto medo de quem não conheço. Tenho hipóteses. A nossa história começou com os seios dela, eu os conheci bem antes do fim da era Kádár. Estabeleceu-se uma amizade entre nós três. Se os estico são pouco maiores que os meus, mas não foi por esse movimento narcísico que eu me dei bem com eles. Eu já não me lembrarei mais de você, nem da sua sombra, ao passo que deles ainda... Em um deles havia um sulco, um talho, havia uma marca, o corpo afundava, ela temia que ele me amedrontasse. Ela mencionou o problema, eu não respondi, se a contradissesse poderia sentir a necessidade da contradição e do receio. Entretanto eu perguntei, porque não desejava trabalhar em vão, como estava a sensibilidade dos mamilos, pois conheço uma pessoa que ainda bebê foi esquecida no terraço e os mamilos se congelaram e se tornaram insensíveis. Não estão insensíveis, ela disse, com desaprovação. Eu os beijo por todos os lados. Parece que o corte foi interrompido a tempo. A risada dela é encantadora. Comprova a existência de Deus. Ela repuxa a boca com desprezo. Em geral baixa um pouco os olhos, me acha infantil, meus sentimentos são infantis ela repete, as minhas ideias são infantis, como, por exemplo, os presentes súbitos que eu compro ou preparo para ela. Mesmo na cama. Quando diz isso ela sorri, maliciosa, como quem acha que está tudo bem. Seria bom se ela uma vez me chamasse de homem, meu homem!, ela diria. Bem, tanto faz. Eu costumo também conversar com os seios dela, chamo um de você, o outro de senhor.

uma mulher (62)

Há uma mulher. X. (Me odeia.) Os óculos cobrem todo o rosto dela. Parece um sapo. É assustadoramente feia. Consegue ser assustadoramente feia. A boca é ardente. Mas às vezes fica rachada. É inteligente, sabe muito sobre os etruscos. Às vezes sinto uma dor no ombro esquerdo, segundo o técnico em calefação a parede de pedra irradia frio. A mulher se agita nervosa, abre a bolsa, fecha, pula na direção da estante, agarra um livro, faz menção de tirá-lo, mas desiste. Envergonha-se de gostar de mim, desacostumou-se e está assustada. Os óculos são cada vez maiores, eu poderia caber atrás deles. Faz um café horroroso, pede ajuda aos etruscos, mas eles se extinguiram. Me abraça tensa. Eu bato nos óculos, eles caem, faço como se tivesse acontecido sem querer, observo-a de quatro enquanto ela os procura, não me mexo. Observo o tecido da calça deslizando sobre o seu traseiro.

uma mulher (63)

Há uma mulher. E assim por diante. Odeia todo mundo. Se estiver no clima, é má. Não transmite recados; inventa recados falsos, faz intrigas com as crianças; com os meus pais; com os dela; com os vizinhos, entre eles, todos contra todos, eles contra nós. Seus recursos são ilimitados, às vezes desiste da arma mais eficaz, o disfarce. É sincera, não usa máscara, é permanentemente nojenta. Sente-se mal quando não faz mal. Salga a comida de propósito; enfia passagens vencidas em meio aos passes de ônibus das crianças; não desliga o telefone e denuncia o dono da linha compartilhada, estende uma corda no quarto e quando a minha mãe tropeça, ela põe a culpa em mim; atrasa os despertadores de noite, para que de manhã todos percam a hora; nega os orgasmos, sem piscar os olhos, embora esteja até babando; em segredo modifica a minha declaração de renda, e me adverte com uma carta anônima. Esse ímpeto, ânsia de realização, prontidão permanente para o mal (maldade), o desejo ardente de prejudicar o tempo todo, de lesar, é como uma maravilha da natureza. Podem existir outros assim, entregues a uma relação passional com a vida. Para estragar a vida – com uma exceção. De tempos em tempos, ela escolhe um livro que lhe agrada na minha biblioteca e cola uma a uma as páginas (ou melhor, aos pares). Quando depois pego um Borges, para reler "Pierre Ménard, autor do Quixote", tenho o livro nas mãos como um tijolo desajeitado, um enigma secreto, como um escudo vazio, e não sou mais ninguém, ou, mais exatamente, não seria mais ninguém se nessa hora, como sempre, ela não me odiasse intensamente.

uma mulher (64)

Há uma mulher. E assim por diante. Passa mal com champanhe, fica com o estômago revirado, em geral precisa vomitar, sente náuseas; gentil, eu seguro a cabeça dela, caracteristicamente um *tecido*, uns pedaços saem, escorrem, do nariz dela. Faz questão de marcas boas, ou melhor, de qualidade, portanto bebe com prazer o húngaro de rótulo azul. Ela afirma orgulhosa que quando olha para mim fica com as mãos frias e úmidas e os joelhos começam a tremer. Mas não devo tomar isso como uma confissão amorosa, nem um elogio, não sirvo para ela nem como homem nem como ser humano, também não quer me dar tudo de bandeja. Nesse caso, assenti, animado, a bandeja ficaria entre nós. Nunca a vi inteira. Vi as sobrancelhas uma vez, as duas, e, no meio, a transição, o rareamento e o espessamento progressivos, na mesma ocasião tive a sorte de deparar também com os seus olhos, com o olhar suave, mas decidido, na verdade, é significativo que eu não me lembre da cor dos olhos, embora tenham passado um ou dois anos, ou décadas, de observação, como se fossem castanhos, acastanhados, me ocorre também uma mancha amarela, uma espécie de marca, mas pode ser que eu esteja me confundindo. Uma vez vi suas mãos, não sei se estavam frias ou úmidas, pareciam pálidas, primeiro observei as unhas, tive a impressão de que ela as roía, embora a hipótese não tenha sido corroborada, comia a pele em volta delas, o leito do polegar e do anular parecia inflamado. Não vi seus joelhos, não posso falar dos tremores. Vi seus seios de lado, excitados, móveis, saltitantes, flexíveis; seios alegres, diria, em síntese. Os dentes eram estranhos, havia neles algo de errado, não se pode excluir a possibilidade de que ela usasse dentadura, fato que, apesar de tudo, exigiria uma explicação. Vi também a sua bunda, enquanto andava, portanto por trás, se distanciando, traseiro, rabo, nem sei como chamá-la. Além disso tudo gostaria de ver em vida seus cabelos, as orelhas (controle de limpeza), o pescoço (de frente, de passagem, já o vi, quando nervosa engoliu em seco, e algo se mexeu, saltou, como se tivesse um pomo de adão), gostaria de ver as clavículas (as saboneteiras), as costelas, as escápulas como asas, na verdade os ossos todos em sequência, do crânio aos ossos do pé, gostaria de ver sua barriga, as gorduras da juventude, as gorduras todas em sequência, o umbigo, os buracos todos em sequência, os pelos na parte baixa da barriga, os pelos todos em sequência. (Abre a champanhe apertando-a entre as coxas. Como se fosse um órgão sexual. Sou eu quem engulo isso, diz um de nós, à medida que a champanhe jorra. Mais pela champanhe que pelo jogo inadvertido de palavras, o que me faz lembrar que gostaria também de ver a xoxota dela, de frente.)

uma mulher (65)

Há uma mulher. E assim por diante. Há muito tempo. Estamos bem. Gosto dela porque na verdade (na minha verdade) sou sentimental, medroso talvez não, mas eu me emociono pelo longo tempo compartilhado; não penso nas experiências comuns, não sou nostálgico, não penso nos assim chamados anos passados juntos, mas no fato de que logo vamos morrer; não é por causa de uma decisão que sou sentimental, desprezo o atual caminho festivo das coisas do coração, a desconstrução triste-lacrimejante, meio falsa, fácil, assim é a minha natureza, a minha essência, maliciosa e sensível; esses traços convivem em mim, presentes, e não é infundado que existam com a finalidade de se vigiar e de se controlar mutuamente.

Desde que ela se queixou de que ninguém mais a aperta contra a parede para beijá-la, de que ninguém mais a agarra, ou seja, desde que cobrou a passagem do tempo (a imensidão do tempo que tivemos de compartilhar?), ela passou a questionar o fato de que eu não era capaz de parar o tempo, a grande paixão na verdade funciona assim, detém o tempo, com as estrelas mudas no firmamento, na Terra somente você e eu, você escuta e eu silencio, isso aconteceu na época em que eu fui chamado seguidas vezes a comparecer à polícia, recebi uma intimação oficial em que me convocavam para ser testemunha no caso de um certo Jenö Goda, e quando eu comuniquei que certamente não conhecia nenhum Jenö Goda, eles me tranquilizaram na hora, oficialmente eu diria, ou melhor, começaram a me tranquilizar, eles não estavam me aliciando, mas deram a entender que a armação era grande, o comando faria tudo que humana e policialmente fosse possível, não tinham controle da coisa, mas já que eu estava ali eles colheriam os dados e eu poderia me manifestar, ainda que por mera formalidade no caso de Jenö Goda, porém quando eu continuei teimosamente querendo saber de que caso se tratava, eles não se contentaram, como se a minha mesquinhez os enervasse, eles se fecharam, sombrios, me soltaram, me convocaram de novo, democracia socialista, sempre era um outro que me recebia, uma vez uma mulher, o tempo parou, talvez ela fosse a mais sombria deles, o cabelo armado num coque, *desde* então somente eu a beijo, não falo (com ela), não sinto (por ela nada), não penso (nela, nem em nosso passado comum, embora ao longo dos longos anos eu tenha explorado tudo, os dentes, os detalhes mínimos dos dentes, as relações entre eles – houve anos em que pareciam ser feitos de massa de modelar, depois voltaram a se cimentar –, a língua, a musculatura da língua, para não falar dos golpes da língua, as saliências do céu da boca, a carne das bochechas por dentro, o sangue que babava das gengivas, tudo), eu a beijo e a aperto contra a parede, a parede do escritório, a parede da sala de estar, a parede do hall, a parede do quarto dos fundos, a parede da cozinha, a parede do banheiro, a parede de vidro do jardim de inverno, a parede da fábrica de parafusos de madeira, a parede da casa de cultura, a parede da escola pública, a parede do ginásio, a parede da universidade, a parede da igreja, a parede da capela, a parede da basílica, a parede da antiga sede do partido, a parede do banco Külker, a parede falsa do ponto de ônibus, a parede da parada do trem de subúrbio, as paredes das vinherias, restaurantes, tavernas, refeitórios, hotéis, pensões, as paredes dos quartos de aluguel, aperto-a contra as cercas, cercas de madeira, cercas de ferro, cercas de ferro batido, cercas de arame farpado, cercas vivas, gramados, sebes, paliçadas, cercados (!?), árvores, em especial macieiras, pereiras, pinheiros (abetos, de floresta, prateados, os três), cedros, uma nogueira jovem, um canteiro de amendoim, um canteiro de sempre-vivas, um canteiro de rosas, uma nêspera (somente curvada), um portão de jardim, uma porta de chiqueiro, um covil, uma porta de entrada (modelo escandinavo), uma porta vai e vem, uma porta de empurrar, uma porta giratória, uma porta de elevador, um alçapão, uma porta de adega, uma porta de automóvel (de motor de dois e de quatro tempos), um táxi, um ônibus, um ônibus elétrico, um bonde, um trem de subúrbio, um trem, um navio, um barco, uma balsa, um submarino, um veleiro, um hidroplano, um avião, um helicóptero, um carro anfíbio, uma bicicleta, uma motocicleta, uma mobilete, um jet ski, um esqui aquático, um patim, um skate, um poste de luz, um poste telefônico, uma cabine telefônica, uma estação de eletricidade, um balcão de vendas, um balcão de farmácia, um balcão de taverna, um suporte de partituras, um púlpito, uma estante de livros, uma estante de depósito, uma estante modular, um aquecedor a gás, uma máscara de gás, uma bomba de gás, um cano de gás, um registro de gás, um isqueiro a gás, um fogão a gás, um bico de gás, uma turbina a gás, uma conta de gás, uma lâmpada a gás, uma fábrica de gás, uma câmara de gás, relógios de gás, relógios de água, relógios cuco, relógios de pulso, relógios de bolso, despertadores, carrilhões, relógios de quartzo, uma geladeira, máquina de lavar, lava-louças, torradeira (do tipo MSZ Somlyó), forno de micro-ondas, televisão, conjunto hi-fi (ainda não existe CD), aperto-a contra tudo que encontro, contra o Parlamento, o meu pai, um verso, a fronteira austro-húngara, antes dela a Cortina de Ferro, o Muro de Berlim, agora o chinês, pressiono-a contra o edifício da Pan American, a Notre Dame, a catedral de Santo Estêvão, a Via Vêneto, a estátua de Kovács Szántó em Hodmezövásárhelyi, eu a empurro como posso, para o meu vizinho, a minha irmã, a irmã de Kosztolányi, o meu pai já foi, o carteiro, fora isso o telegrafista, fora isso o responsável pelas encomendas, o leitor do relógio de gás, o leitor do relógio de água, o leitor do relógio de luz, o corretor de seguros, o agente editorial, o motorista da embaixada (México, Dinamarca, Inglaterra, Itália, Noruega, Holanda, Áustria), há uma moça que vem passar a roupa, também para ela, eu a forço contra o meu lápis, a minha borracha, a minha caneta, o clipe de papel, o porta-caneta, o tinteiro, os pesos para papel, as cartas, a agenda de bolso, eu a amasso contra os livros, a prosa húngara contemporânea, os clássicos vivos, as antologias, dicionários, livros de bolso, em especial os três volumes do dicionário etimológico (estou esperando a chegada do volume faltante), meus sapatos, minhas meias, a minha cueca, meu paletó, minhas gravatas, meus óculos, meu charuto, a sopa, a carne, os complementos, a batata frita, o ovo com toucinho, o vapor que sobe, contra o cheiro, contra a fantasia de um jantar especial, uma Ferrari, de novo a estátua de Kovács Szantó, uma geleira, um deserto, cervejas mexicanas (concretamente: Corona, Bohemia, Negra Modelo, Superior, Dos Equis, Victoria, Sol, Índio, Montejo, Negra Leon, Nochebuena, Carta Blanca, Pacífico, Chihuahua, Brisa, Modelo Especial), uma risada, um floco de aveia, a batuta de um maestro que faltou, Laci Nadai, Elzvieta Viterbo, um sanduíche de carne de rena, um chocolate, e, por fim, mas não por último: contra tudo, as minhas palavras, os espaços entre as minhas palavras, pressiono-a contra a minha audição, ela geme um pouco, os lábios se abrem, escorre um pouco de saliva, nossos corpos mudam de estado pela beijação sem fim, as exigências se deslocam, há novas exigências. As nossas faces latejam.

uma mulher (66)

Há uma mulhermeama. Os pés dela são frios. Ou melhor, posso afirmar, responsavelmente, que seus pés são frios na cama. Eu me enfio debaixo da colcha e na hora fico aflito de pensar em quando ela vai me encostar a parte asquerosa que lembra uma rã. Os joelhos são mornos, o ventre é tão quente, como se espera, que eu nem falo nele (chamusca a grama etc.). Os pés me lembram o refrigerador, e, a partir dele, a cozinha (primeiro o freezer, em seguida a cozinha). Gosto dela. Hoje em dia eu como menos, me sirvo de tudo, mas somente uma vez. Tudo vai estragar por sua causa, ela olha em volta simulando horror, depara comigo e revira os olhos, como num filme mudo. Devagar-devagar, passando do frio para o quente, à medida que nos esquecemos da cozinha, do refrigerador, dos pés, do quarto, da casa, da rua, de Budapeste, do país, do continente (Europa), da Terra, do universo inteiro, mas não há saída, se aproxima a imagem de uma explosão estelar – ela sussurra, feliz: apodreça em cima de mim.

uma mulher (67)

Há uma mulhermeodeia. Tenho nojo de você, ela diz, isso você nunca me disse, eu digo, eu quis te ofender, ela diz, oh, então foi isso, então não há problema, eu digo, na verdade, em princípio você tem razão, ela diz, e, em silêncio, começa a vomitar.

uma mulher (68)

Há uma mulhermeama. Ela me ama. Ela precisa sair. Não insista, seja compreensivo, eu já me maquiei, já me vesti, tenho de sair. Ela ia se atrasar. Talvez. Não, não se atrasaria, mas acabaria não chegando. Talvez. Acabaria chegando, e agora precisa ir. Estou deitado na cama, ela fala da porta. Só mais alguns minutos, eu gracejo, e tiro o cobertor para que ela veja que não estou brincando. De outras vezes ela pelo menos faz palhaçadas, graceja, lamenta muito o acontecido, eu não devo tirar conclusões definitivas, ela também não desejaria nada além de aceitar seu lugar, este era o seu lugar, aqui ela estava bem, o mundo estava bem quando ela podia girar sobre o "eixo de diamante do mundo". Agora não. Pouco depois ela dá de ombros. Cuspa em mim, foda-me. Por que você faz isso, ela diz, cansada. Eu começo a regatear, seduzo, me cubro. Ela põe as mãos sobre o cobertor, vai sair. Eu agarro seu pulso, vou puxá-la, ela não deixa, nos debatemos, eu a seguro com força, ela tenta se livrar, eu não a largo, puxo as mãos dela para debaixo do cobertor. O uso da força é excitante. O desejo irrefreável do ser contemplativo pela ação. Ou o erotismo do medo. A sensualidade da impotência. Et cetera. De outras vezes, à medida que se aproximava do "âmago das coisas" ela se tornava mais verdadeira, repentinamente ardorosa e calma, cada vez mais entregue e cada vez mais liberta, a insistência crescente, por sua vez, a minha insistência, se tornava cada vez mais frágil, mansa, mas cada vez mais poderosa, sim: mais efetiva. Agora não. Assim também está bom, queridinha, se não, então não!, embora daqui você não vá sair!, não me importo, vão esperar por você! As duas porrinhas vão esperar (as nossas duas filhas, na verdade). Observo o rosto dela, ela não me olha, não diria que ela se esconde atrás dos óculos, fita a parede impassível, não a vejo irritada, nem decepcionada, nem triste, nem amargurada, não vejo (nem) nada, eu a aperto, mexo seus pulsos, como se fosse uma paralítica!, ela deixa, autossatisfação e violência, dois coelhos com uma cajadada, e que cajadada!, ela deixa, eu fecho os olhos, isso é trabalho, não nos enganemos, seja qual for o ponto de vista, acompanho, relaxo a pressão, mas ela logo para, e quase se rebela, fita a parede, não pense que vai escapar. Assim, lentamente, a coisa anda, criamos dificuldades. Durante a ejaculação é como se ela se sensibilizasse. Temos de ir, ela diz, e elas de fato vão. Impressionado, eu me limpo. Aqui o meu pinto, lá o céu azul.

uma mulher (69)

Há uma mulhermeama. Me odeia. Agora tanto faz se ela me ama ou não, a minha pergunta não se origina aí, e sim de uma fuga, de um desânimo, de uma paralisia, de quem pelo simples esforço de formular a questão espera uma saída, ou melhor, a palavra esperada não expressa nem um pouco a pressão e a subserviência em que a mudança é não só desejo e ânsia, mas também necessidade imperiosa, a manifestação brutal, risível, de que isso não pode continuar, um minuto se segue ao anterior como a merda de cachorro sucede à antiga, ressecada, uma hora se agarra à seguinte como dois chacais engalfinhados, e não há nada, somente a mesmice, um dia, um ano se segue ao outro como se este lhe sucedesse, tanto faz, nessa hora fui obrigado a perguntar *quando* (que soou como se eu desejasse chupar sorvete, muito, desde que fosse chupar), e, ela simpática, pouco surpresa, olhou para mim, e você?, ao que eu depressa retruquei, eu sempre! sempre! Não nos mexemos. Em seguida ela silenciosa fechou a porta, ah, ouvi de fora (com repulsa? horrorizada? resignada?), sempre eu também. O chacal vive de carniça. Ou é a hiena?

uma mulher (70)

Há uma mulhermeodeia. Me ama. Desta vez não existe essa coisa de me ama, me odeia e assim por diante. Poderia dizer que seria capaz de contar nos dedos de uma mão quantas vezes a vi, mas nesse caso não saberia decidir quantos dedos eu teria nessa única mão. Estou parado junto dela como num ponto de ônibus, os papéis não estão designados, a cidade zumbe, barulhenta, à nossa volta, só murmuro para mim mesmo, eu gosto de você de verdade. Acredita, e também não, quando acredita, e isso às vezes acontece, ela começa a vomitar em silêncio.

uma mulher (71)

Há uma mulhermeodeia. Odeia. Eu a amo. Está se acabando. Os cabelos caem, toda manhã aparece um pequeno ninho, um novelo redondo no travesseiro, os dentes também estão caindo, compreensivelmente mais devagar que os cabelos, as gengivas, retraídas, aftas no céu da boca, em volta das raízes dos dentes aparece pus. Pode-se dizer que o pus é a parte mais expressiva de seu corpo. As palmas das mãos babam em meio à pele seca, e também as axilas, ali as pequenas veias amarelas contornam os pelos vermelhos inflamados, e um jorro diluído de seu ventre mancha a frente da saia. As unhas também estão caindo. As unhas do pé ainda restam, mas quando uma ou outra unha da mão fica preta e cai, em seu lugar a queratina enrugada e o sangue pisado são, independentemente da pessoa, repulsivos e irritantes. E eu lhe digo. Por que, ela ri, todo mundo é mortal, não? Nesse caso isso me repele e irrita, eu digo.

uma mulher (72)

Há uma mulher. Ela me ama. Eu a amo. No momento estou cansado do corpo dela. Ela está se revirando aqui, ao meu lado. Prefiro bater uma punheta. Não é bom, é muito direto.

uma mulher (73)

Há uma mulher. Ela me ama. Eu pergunto se ela me ama. Por que me amaria? Porque foi o que combinamos. Que eu te amaria? Isso? Isso. Hoje? Hoje também, é claro, sempre, às onze e meia, em janeiro, na virada do milênio, sempre... há dia de folga? Está bem... Em que dia você pensou? Talvez... talvez na quarta. Por que na quarta? Porque hoje é quinta-feira. Muito gentil.

uma mulher (74)

Há uma mulher. Eu a amo. Seria capaz de descrever cada detalhe do porquê. Seria capaz de relacionar suas qualidades, as qualidades boas e ruins e inenarráveis que me levaram ao amor: sabe grego, tem sardas, uma cicatriz na testa, um sinal de exclamação pálido, radical, tem sensibilidade para economia, cabelos abundantes, boca azeda, coração fraco, coxas curtas (uma delas, na verdade), quando faz muito calor, nem sei como dizer, a sua pele fica irritada na base do cóccix, onde as duas elevações principiam mas o vale ainda não começou, a pele fica rachada e inflama um pouco, gosta de Italo Calvino, de flocos de aveia, tem a pele bronzeada, é vulgar e recatada ao mesmo tempo, no mesmo gesto ousado. Posso contar nos dedos de uma mão quantas vezes a vi, e assim por diante. Pois eu a amo de verdade. Ela acredita e também não acredita nisso.

uma mulher (75)

Há uma mulher. Ela me odeia. Não há nenhuma possibilidade de que possa me amar. Na maior parte do tempo joga basquete. Ela me aperta contra a parede, me aperta contra a parede com a pelve, contra a parede do escritório, a parede da sala de estar, o canteiro de amendoins, a porta da adega, a Notre Dame. O que posso fazer? Eu não treino regularmente há muito tempo. E não adianta eu dizer para ela que sou um homem maduro, veterano militar, é hora de ela cair em si, mas ela não liga. Continua me apertando com a pelve. Dobra os joelhos, se agacha, para que fiquemos da mesma altura e depois manda ver. Joga como pivô, a média de arremessos é confiável. Se elas chegarem à primeira divisão vou ter de inventar alguma coisa, pois sei que não vou dar conta.

uma mulher (76)

Há uma mulher. Ela me ama. Na maior parte do tempo prefere dançar balé. Não há um grama em excesso nela. Isso tem um preço, o pescoço dela é cheio de rugas, delicadas, não profundas, como, por exemplo, as que vejo nas fotografias da velhice de Maugham, não tem papada, mas durante a fala os tendões se distendem, ou um ou outro músculo se contrai, de certa forma como no caso de Kati Kovács no antigo festival de música e de dança. Resta o problema do traseiro. Como diz o ditado, *Arsch oder Gesicht*, depois dos quarenta uma mulher precisa escolher: o traseiro ou o rosto (cara ou coroa eu murmuraria na ânsia de resumir). A questão se decidiu, o rosto é equilibrado, não tem depressões, traços inesperados, não tem cortes profundos em torno da boca, os ângulos dos olhos falam de sinceridade e não de uma passagem inexorável do tempo. Sem nenhum aquecimento ela é capaz de erguer os pés à altura dos ombros. Ela realiza a proeza, de tempos em tempos, do nada, sem nenhuma razão aparente, em uma loja ou um restaurante. Os outros ficam olhando. Eu recebo os olhares com orgulho. É capaz de abrir *spacatti* (especialmente em maio). Dizer que faz balé é pouco, ela é uma dançarina de corpo e alma, cada pedaço de seu corpo, a cartilagem do nariz ou o tendão de aquiles, cada pedaço a cada instante. A nossa vida é um permanente *pas de deux*, saia de tule, sapatilhas de ponta.

uma mulher (77)

Há uma mulher. Ela me ama. (Decidi que a senhora me ama, eu disse a ela um dia, mas menciono o fato apenas entre parênteses.) Odeia os comunistas. Ela os odeia tanto quanto me ama. Mais precisamente: ela me ama tanto quanto os odeia. Quando o ódio diminui, o amor fica mais morno, e quando o ódio aos comunas ferve, ela arde de amor. Do ponto de vista social não é justo, portanto eu não ligo para a justiça em se tratando (dela). Posso dizer que durante o primeiro governo livremente eleito vivemos distanciados. Não houve nenhum grande problema, apenas... conversávamos mais sobre os afazeres domésticos, a escola das crianças, e ela nunca caiu no choro ao olhar para mim, não fugiu de mim gritando só com roupas de baixo, saltando sobre a mesa e as cadeiras, não escancarou a porta do banheiro quando eu estava lá dentro.

Mas depois das eleições...! Vocês de novo!, e os olhos faiscavam. Vocês se *esparramaram* sobre o país durante quarenta anos... e esses imbecis votaram neles! Eu me calo, não digo que os imbecis somos nós, o país. Eu não votei neles, nem brinque com isso, e se você votou neles em segredo eu te mato. Querida. Eu não consigo acalmá-la, nem pensar; lembranças toscanas. Nem falar direito eles sabem!, ela grita. Tudo em mim se contrai, eu me sinto muito próximo dela. Roubaram até não poder mais e agora se calam. Empobreceram o país e continuam papagueando.

Eu fico branco, as minhas mãos tremem, ouço meu coração batendo. Lobistas sindicalizados, e ela me aperta as bolas com um sentimento, prazer e paixão que seriam suficientes para construir um novo país.

uma mulher (78)

Há uma mulher. Ela me ama, não me ama. Durante a pequena morte, *nota bene,* no auge do prazer eu grito no rosto dela, ou em seu pescoço ou em seu ventre ou em qualquer lugar em que esteja: você, sua *ombudswoman*! – assim chega o fim. Eu coço a barriguinha dela, as instituições democráticas se solidificaram.

uma mulher (79)

Há uma mulher. Ela me odeia. São duas. Nós te agradamos?, perguntam rindo. Brilha o sol amarelo de outono, estou sentado na escadaria da igreja como um mendigo ou um sacerdote que escuta as vozes do passado. Núncio. Mais tarde vou responder, mas é preciso que passe algum tempo. Um grupo de turistas japoneses enche a praça, levamos as crianças para a escola, as duas mulheres assumem a área das humanas e eu a linha das ciências da natureza, no café tradicional em frente um garçom briga com a mulher que tira o café, eles gritam, se empurram, a sombra longa da torre da igreja se projeta sobre a praça, nos horrorizamos, e em nossos ambientes de trabalho conseguimos uma boa promoção, a relação com os nossos corpos se modifica, nós nos acalmamos, mas logo se revela que foi tudo um autoengano, o incômodo não passa, na escadaria gélida os nossos traseiros sentem frio, ao nos levantarmos esfregamos os traseiros com a mão (física!), há um momento em que sentimos que a vida das crianças é mais importante que a nossa, mais tarde nos envergonhamos, e quando tudo é recoberto pela manta azulada e castanha da noite eu cochicho para as mulheres que o principal problema é que eu comi cebola no almoço e, embora tenha escovado os dentes, sabemos bem que o cheiro não vem da boca mas do estômago. Devagar, descontraídas, elas abrem as bolsas verde-Benetton, tiram duas cebolas roxas, e, como se fossem maçãs, elas as mordem juntas, como as irmãs Kessler.

uma mulher (80)

Há uma mulher. Ela me ama (ou me odeia). Está sempre pronta a ajudar. É o que preenche a vida dela, não eu. Tanto que quando não pode ajudar ela fica muito triste e um pouco irritada. Preciso, permanentemente, criar situações em que ela possa ajudar. Tenho de estar com problemas o tempo todo para que ela seja suportável. Eu me considero vitorioso se a máquina de lavar estiver vazando. Se estiver vazando e entupida melhor ainda. Se a linha telefônica sofrer uma pane. Perco a chave do portão, a porta empena, brigo com a minha mãe. O garçom me engana. O taxista. Sinto dor no tornozelo. No pescoço, na cintura. Se a semente de mostarda acaba. O chá de urtiga. O que ela mais gosta é quando eu não tenho razão para o meu problema. Porém quando tudo vai bem – a máquina de lavar trabalha disciplinada e feliz, o telefone não chia, não liga errado, não está ocupado, não está grampeado, funciona como se alguém sussurrasse bem perto do meu ouvido, a chave do portão está no meu bolso, a porta parece ser almofadada, a relação com a minha mãe está tão harmoniosa que serve de exemplo, o garçom não aceita o meu dinheiro, considera uma honra me servir, o taxista é pontual como um cavalheiro à moda antiga, nem sei da existência do meu tornozelo, o meu pescoço e a minha cintura estão flexíveis, magros e elegantes, há sementes de mostarda aos montes e eu forneço chá de urtiga para a rua inteira – ela ainda assim quase enlouquece. Não cabe em si de gratidão. O olhar dela me faz transpirar. Nessas horas ela ajuda com tanto ardor que fica vermelha, ou melhor, aparecem manchas vermelhas latejantes em seu pescoço e na região das clavículas. Faz de tudo, mas de tudo mesmo. Tem apenas uma exigência, não põe a mão em nada; calça luvas. Em nada em lugar nenhum, somente com as luvas brancas finas.

uma mulher (81)

Há uma mulher. Ela me odeia; porque odeia todo mundo. Não é jovem; é verdade que eu também não sou. Costuma me massagear com a planta dos pés. Ela me massageia todo, pois é muito determinada e criativa. A base das minhas orelhas e a minha nuca. Ou direto as minhas parótidas. Sem falar no meu pau (rolando-o entre as plantas dos pés ou agarrando-o entre seus dedos etc.). Quando está bem-humorada, ou ganha um dinheiro inesperado, ou nem tão inesperado, porém muito, ela consegue fazer com que pareça que a caxumba desceu para minhas bolas. Fico inchado! Enquanto isso ela conta sobre os velhos tempos.

Quando ela foi presa, um guarda bateu na porta, não bateu forte, foi educado, e a algemou. Os vizinhos a cumprimentaram, simpáticos, como se não tivessem visto as algemas. Ela ficou por algum tempo na frente da casa, parecia que o guarda iria partir a qualquer momento, mas hesitava, por fim ele parou um caminhão que transportava trabalhadores, eles subiram na carroceria, os trabalhadores se apertaram para que eles coubessem. Os homens pareciam cansados, vinham do trabalho, traziam a cabeça baixa, as mãos pendentes, não prestavam atenção em nada. Ela ficou acabada por esse nada, não pela falta de solidariedade, mas pelo nada, por não existir nada a não ser ela, a solidão era insuportável, terrível, apenas as algemas a atavam ao mundo, ou seja, o mundo era o guarda. Cujo rosto não vale a pena recuperar. Perdeu-se. Baixo, magro, com ossos de pássaro. No dedo médio da mão esquerda tinha duas verrugas, verrugas gêmeas. Estava com um problema nas conjuntivas, lacrimejava o tempo todo; como se chorasse.

Eu achei aquilo tudo muito repulsivo. Observei os homens, tentei arrancá-los da indiferença, reanimá-los. Eles não queriam se meter, era compreensível. Mas eu não podia ser compreensiva, estava em apuros. Eu me pus de pé no carro que chacoalhava, balancei como uma bêbada, covardes de merda!, gritei, homens de merda!, sacudi o guarda na outra extremidade da algema, sacudi-o como faz nos filmes clássicos o herói trancado no calabouço com a bola de ferro pesada. A minha gritaria se transformou numa risada rouca, o precipício entre mim e os homens apavorados só me causou risos. O guarda me puxou de volta, pouco tempo depois eu estava sentada como todos.

A caxumba inspira cuidados, as bolas incham, inflamam, crescem, ou melhor, uma delas se inflama e pode passar a inflamação para a outra. Dói e ameaça a capacidade sexual, mas não causa impotência. O importante é mantê-las quentes. Isso ela também faz com a planta dos pés! Envolve as minhas bolas com os pés. Tem muita paciência, a inflamação dura semanas, tem uma paciência devotada, e de minha parte eu fico sentado sobre os meus ovos numa felicidade cálida feito uma águia compenetrada.

Na carroceria um homem de repente não falou, porque não se ouviu uma palavra, mas emitiu um som, um gemido abafado ao que os outros se juntaram, ao gemido, à canção dos mortos. Não cantaram com toda a força, me envolveram com o canto, disse, enquanto me bolinava, enquanto me envolvia entre as plantas dos pés aveludadas.

uma mulher (82)

Há uma mulher. Se ela me ama? Parece ter sido tirada de uma caixa. Tem paixão por inaugurar bibliotecas. Possui um pequeno tailleur vermelho-vivo enlouquecedor que usa na maioria das inaugurações. Os últimos bastiões da cultura húngara, diz, e balança a cabeça. No chapéu a pena tremula. De certa forma, ela me tem nas mãos. Seria exagero afirmar que estou à sua mercê ou que ela me chantageia, eu tenho é medo dela, tenho medo dela por livre e espontânea vontade. Outros também têm medo dela. Seus pelos pubianos são ruivos, ruivo-claros, rosa-pálido, em completo contraste com o pequeno tailleur. Bem de perto, vistos da raiz, parecem uma floresta de pinheiros-vermelhos (*Larix decidua*). Não muito longe de onde eu moro há montanhas que não passam de colinas cobertas de pinheiros-vermelhos. Na minha infância costumávamos fazer excursões para lá, às vezes com a escola, e brincávamos de guerra de números, até hoje sinto na testa os milhares de pequenas picadas dos espinhos dos troncos, apertávamos durante muitos minutos o número escolhido entre a testa e o tronco dos pinheiros, às vezes com o capelão do lugar, aos domingos, havia uma missa secreta na mata e o próprio passeio contava como a corrupção da juventude, com vigias postados na borda da floresta que cuidavam da descida silenciosa que levava até o acampamento cigano, e eles muitas vezes começavam a assobiar sem razão, assustavam os demais, na capela das árvores aconteciam cenas burlescas nessa hora, trocas de roupas, desmontagem, debandada, outro assobio de volta, *gloria in excelsis Deo.* Eu nunca tive coragem de atirar pinhões durante a missa.

O cenário do nosso primeiro encontro foi uma biblioteca. Ela estava justamente inaugurando-a porque funcionava havia poucas semanas, e embora o acervo não fosse rico era inteligente, não havia Wittgenstein, mas havia Musil, não havia diários de Musil mas havia Tsvetaeva.

uma mulher (83)

Há uma mulher. Ela me odeia, ultimamente. Porque ultimamente ando atormentado por problemas financeiros, deve estar acontecendo alguma coisa com o tal do PIB ou com o preço do leite. Mas ela não precisa se angustiar, eu vou sustentá-la, só que a boa vida vai acabar, azeite italiano e pão com sementes de gergelim, não vai ser mais assim. Como vai ser? Atualmente ficamos nos perguntando como vai ser. Como um homem pode sustentar uma mulher. Com uma quantia mensal? Uma quantia assim chamada justa, cuidadosamente calculada, uma quantia negociada em florins? E o que vai ser se durante a semana eu lhe der um chute? Problema seu. E seu também. De fato. Dar todos os dias ou a cada encontro? Só que desse jeito só falaríamos de dinheiro, todos os dias. Desde que rejeitamos a ideia de eu sustentá-la em segredo – um doador anônimo, cédulas discretamente largadas sobre a penteadeira etc. – chegamos a um acordo em que, ao contrário, ela vai ao lugar previamente estabelecido (bolso interno do paletó, aba do chapéu e assim por diante) em segredo para pegar a quantia combinada. Por causa do segredo o dinheiro não vai ser mais tema, mas pelo fato de ela pegá-lo também não será como se não tivesse acontecido nada. E posso pegar quanto eu quiser? Exatamente, digo, por fim, mortalmente sério.

uma mulher (84)

Há uma mulher. Ela me ama. Ela me amaria de verdade se fosse capaz de amar alguém. Dizem que é egoísta e infantil. Inteligente, porém sem sentimentos. Só se importa com o seu jardim, as dálias ou sei lá o que mais. Desculpe. Atualmente está grávida, em estado de graça. Não é uma grávida bonita. Porque há quem fique barriguda, radiante, vê-se a riqueza, a – exagero – alegria da criação, em outras se vê dor, dificuldade, peso, o peso terrível do parto. Está no sétimo mês e não deixa que eu vá para a cama com ela, afasta o corpo do meu. Bobagem, mas o que posso fazer? Enfio a cabeça em seu ventre, os pelos me esfregam, musicais, Satie dos primeiros tempos. Oh, a história da música, a escuta permanente! (Além disso, posso prestar contas racionalmente sobre pelos-Haydn, concretamente as últimas sonatas, depois a *Apassionata* de Beethoven, de Liszt, *A lenda de Santa Elisabeth*, o *Réquiem* de Mozart, e mais o sexteto de Hazy Ostervald.)

uma mulher (85)

Há uma mulher. Minha nossa, como eu gosto dela! Minha nossa, como eu gosto. Como ela me iniciou... Eu, por conta própria, sozinho, pensaria que Deus nos fez à própria imagem. Encantou-se com a criação como uma colegial. Desde que a conheço, eu conheço a angústia, a crueldade negra que emana não sei de onde, a minha voz engasga e sou sacudido por um choro seco. Não me sacode, ela me fez ver também isso. Por quem choraríamos? Por nós? Como se de fato Deus nos tivesse feito à própria imagem! Eu era como um pedaço de pedra que se imagina um anjo. Ora com o corpo – até onde sou capaz de julgar ela fode com muita técnica, portanto quando me iniciou ela não escolheu o caminho mais fácil, foi corajosa e sensual –, ora com a falta do corpo – juramos virgindade, mas caímos na luxúria –, ela interrompeu a minha inocência, ao final me entregou à minha própria sorte, fez com que eu despertasse para o nada glorioso. Nenhum consolo, nem morte, nem imortalidade.

uma mulher (86)

Há uma mulher. Ela me ama. Tem uma verruga nas costas, transição entre carne viva e verruga. Eu também a amo. Não é fácil me livrar dela. Quando já está tudo preparado, eu não só fico mal-humorado e amargo, mas também decidido (nessas horas costumo pensar em Effi Briest, ele é meu exemplo), e então, em silêncio, como se por acaso, ela conta que de manhã, estatelada, observava pela janela do sótão as nuvens que passavam, o redemoinho cinza. O redemoinho parecia uma reza, uma reza, você entende? Se eu retruco que não era nada disso, pois ela não acredita em Deus, ela concorda. Mas não desiste, ela tem a carta vencedora, cinzenta, como os olhos de sua mãe. Assim eu não consigo desistir do redemoinho, desculpe Effi.

uma mulher (87)

Há uma mulher. Como se fosse meu anjo da guarda. Que Deus o abençoe, sopra, enquanto bate as asas e morde o meu rosto com delicadeza. Uma vez que eu não posso mais (cuidar) ela foge. Ri muito, exibe as gengivas largas e os dentes. Cavalo de Nietzsche, eu pensei sobre ela um dia (estava cozinhando batata com páprica para vinte e cinco pessoas). Vê-se nela que sofre, às vezes o esconde, mas não se esconde isso por muito tempo, cansa. Ela também se cansa de esconder, nessas horas olha paralisada à frente, os olhos castanhos amendoados, brilhantes, parecem os olhos de uma modelo cujo contrato não foi renovado. Por um lado sofre pelas inúmeras dores que durante a sua vida a atingiram muitas vezes. Aos sete anos a trancaram sem querer por dois dias na casa vazia. Uma vez acordou com uma lagarta peluda grossa como um dedo subindo pelo seu rosto; teve náuseas durante dias. Cuida há trinta anos da mãe doida, que raramente recobra a consciência e nessas horas odeia a filha sem disfarces, intensamente. Como mãe também não foi melhor, perdeu sete crianças, todas depois do quinto mês, acabou adotando um garotinho que a roubou, e assim por diante. Suas histórias são tristes. Por outro lado, sofre pela própria vida. Ela também pesaria por si se nenhuma dessas histórias tivesse acontecido. Ela atribui isso a Deus, não como se submetesse a vida a Deus, desejando fugir do vale de lágrimas, não, apenas sente o tempo todo a própria imperfeição, que, imagina, ofende a Deus, e por isso ela sofre, portanto sofre com o fato de que as coisas não podem ser diferentes, uma vez que ela é humana e Deus é deus. Às vezes parece que enlouqueceu. Fica um pouco estranha mesmo, causa vergonha. Lava-se com sabonetes biológicos, não usa desodorante e, assim, cheira a suor. De tempos em tempos faz uma dieta líquida que se sente em seu hálito. Quando dorme, o rosto é bonito. Ouvi-a gritando fora de si no telefone (não para mim): eu ponho o ponto e vírgula onde quiser! Sofre também por mim. Não há nada que eu possa fazer, tenho um pouco de receio dela. Quando passa pelo quarto e se curva sobre mim finjo que estou dormindo. Ela observa o meu rosto. Nessas horas sinto que me odeia. Mas sinto também que posso estar enganado. Durmo nu, o meu corpo se sente observado. Não se mexe. Que Deus o proteja, ela diz, enquanto bate as asas e morde o meu rosto com delicadeza. Quando não posso mais, ela foge.

uma mulher (88)

Há uma mulher. Está apaixonada por mim. Não combinamos. Às vezes isso incomoda, de outras vezes não. Quando incomoda, eu a odeio e ela se encanta por mim com uma força insuportável. Nessas horas sua cintura se alarga e ela faz poses. Nessas horas os lábios ficam grossos e o pensamento, vulgar, o traseiro, achatado e o hálito, azedo. O que de outras vezes tem velocidade de um raio, se torna prontidão. O que de outras vezes é uma avaliação sensível, se torna posicionamento pessoal, o que tem múltiplas facetas, se torna superficial, a rusticidade do perfume incomum e caro, óbvio, passa a ter cheiro de merda, sua espirituosidade natural se transforma em gabarolice. O humor, palhaçada. A gentileza, cobrança. A seriedade, grosseria, o bom humor, falta de graça, o mau humor, relutância, a consideração, maldade. E assim por diante, tudo, seja o que for. Quando não me perturba, é a minha vez: fico encantado por ela, ofegante, entusiasmado, quando a vejo meus joelhos tremem, as palmas das mãos ficam suadas e eu me considero um escolhido dos céus, pois uma mulher como essa me leva em conta, e ela por sua vez suporta tudo piedosa. Seus seios são os de uma adolescente madura. A cintura como a curva do Danúbio (antes da hidrelétrica). Seu ventre incendeia a grama. A pele não tem manchas de velhice, é linda. Os lábios têm vida própria, vibram, não são framboesa, não são fruta, e sim sabor, cor (delicados, em fogo, como devem ser). O olhar é provocante. O andar não é duro, bamboleia. Hoje há poucas mulheres capazes de se portar como ela. Todo um mundo se recria ante esse porte, partes da cidade emergem, vielas, passeios, calçadas, noites, esplanadas, terraços, bandejas, champanhes. Sabe se aproximar do meu corpo, em especial por trás, como ninguém. Passo horas diante da janela, olho as luzes da cidade, com ela atrás de mim. A dor, querido, sussurra, é transitória. É preciso gritar, *necesse est*. Grite do fundo da garganta. Não é representação, é a ordem das coisas. Ela bate, você grita. Ela bate, você grita. Você não gritar pode ser um problema. Não só porque ela, ao não ver o resultado de seus esforços, vai se sentir traída, desanimada e pode ser levada a fazer coisas "inesperadas", mas porque os gritos encobrem a dor, se alojam entre você e a dor, e você precisa muito disso se quiser transpor de alguma forma, a todo custo transpor os limites da transitoriedade.

Proximidade.

uma mulher (89)

Há uma mulher. Fala comigo sobre homens. Agora sobre um tal de Jenö, digno da cabeça aos pés e especialista em cálculos matemáticos para seguradoras. Não, não, não, não sei!, ela grita, e enterra o rosto nas mãos. Tudo é tão frágil, um painel de vidro, a coisa toda; quando você está aqui, mostra um pequeno punho fechado, a vida é bela, eu voo e sou digna de ser amada. Basta olhar no meu rosto – e no desse Jenö, eu resmungo – para você ver que estou nadando em felicidade e o mundo gira melhor. O Jenö também nada? Ela faz que não. Eu não gostaria de estar no lugar desse pobre Jenö. Ela passa os dedos no meu rosto, reflexiva, que história é essa de não gostaria? Você está! Mas em seguida ela brande o punho, observa os dedos cerrados, você está vendo?, vá só um pouquinho mais para lá, e eu... Ela faz que não, eu sou uma merda, uma porcaria, não presto. Procuro mudar o rumo da conversa, mas isso não melhora nada: ela sempre chega ao mesmo ponto que Tsvetaeva, lamenta sobre amor para um outro.

uma mulher (90)

Há uma mulher. Ela me ama. Me odeia. Me ama. Me odeia. Nem é mulher, é um homem. Me ama. Me odeia.

uma mulher (91)

Há uma mulher. Acontece que não nos vimos durante anos. Quero dizer, enquanto escovávamos os dentes passaram *inesperadamente* vinte e oito anos. Vinte e oito anos não são pouca coisa. Duas escovadas de dentes nem caberiam na minha vida. Mas o rosto dela não mudou, é o mesmo rosto vermelho apetitoso de menina, o brilho dos olhos não mudou, a voz também é a antiga. Mesmo antes da escovação de dentes eu vi que ela tinha tendência a engordar, isso se concretizou, o corpo cresceu, não todo, apenas a cintura e a bunda. Esta é muito grande. Não grandiosa, não ofuscante, não me derruba, não me deixa boquiaberto. Grande, desagradável, impiedosamente grande. Passaram vinte e oito anos, seja qual for o ponto de vista. Há muito tempo ela quebrou a perna. Escorregou em uma beterraba na cozinha. Assustou-se! Quando ela mostra o retrato do nosso filho eu dou um grito, ele é muito bonito, tem feições nobres, os cachos loiros pendem angelicais. Tadzio, pronto, Tadzio, eu grito, orgulhoso. Todas as noites eu beijo a perna dela inteira, fratura complicada, o tornozelo saiu do lugar, como o do sueco Brolin no jogo contra os húngaros. Vou de alto a baixo, às vezes no sentido contrário. (Oh, a eterna cidade de Donaueschingen, fonte e origem, creio, isso é indiscutível!) Com o Tadzio acertei em cheio. Que a minha mãe por fim entenda!, berrou o menino. Nessa hora ela fugiu para a cozinha, não prestou mais atenção, e o desastre foi inevitável. Entenda por fim, mãe, um viado!, puff, ela virou e o tornozelo escapou. Nós o apoiamos com dignidade, no Natal convidamos seu amigo, que por delicadeza não veio. Algumas vezes eu me preocupo com a herança, o que vai ser, *como* vai ser sem netos e assim por diante. Escovo os dentes todas as noites.

uma mulher (92)

Há uma mulher. Ela me ama. É verdade, ela não consegue odiar. É incapaz de sentir ódio. O que naturalmente nem de longe é o mesmo que amar. É a cara de Goethe. Feito dois ovos. A testa, o cabelo, o olhar, as órbitas. Não adianta eu falar, ela não acredita. Não se dispõe a olhar um retrato de Goethe. De que você tem medo? Não responde, aperta os lábios, não olha para lugar nenhum. Você preferiria Kleist? Dá de ombros. Acho que não conhece Kleist muito bem. Talvez tenha ouvido falar. Culta ela não é, embora saiba de muitas coisas. É um ser fino, espiritualizado, que durante muito tempo viveu solitário. Ou melhor, se recolheu para ficar só. Passou muito tempo refletindo, o que a lapidou. Mal tem palavras para falar sobre o assunto, mas isso não diminui a delicadeza. Que logo se vê, é evidente, embora por natureza ela não seja nada autoritária. Eu não tenho de evitar palavras sábias, ela é sábia, delicadamente sábia. Tem uma grande capacidade de trabalho, trabalha há séculos. Trabalha como uma máquina. Ou melhor, como um animal. Olho-a de longe, vermelha e ofegante, na enorme testa há gotas de suor. Quando eu falo, ela escuta, atenta, inclina a cabeça de lado, e não há como saber se está sorrindo ou não. Johann Wolfgang, eu sussurro, quando ela acaricia castamente os meus cabelos.

uma mulher (93)

Há um homem, gosta de mim, com amor, como uma mulher. Eu já desconfiava havia tempos mas não pensava nisso. Pensava menos que o esperado. Não sei a razão. Ontem recebi a seguinte carta dele:

"Meu caro!

Escrevo-lhe de um quarto minúsculo em Frankfurt. Minúsculo, mas que eu agora chamo de lar: *Schachtel*. Tudo aqui é *Schachtel*, uma caixa, também a minha vida. A porta fechada, não vejo nada pelas janelas, em todas elas há uma persiana nojenta espessa baixada, atrás delas paredes anti-chamas, Mainhattan, segundo brincam por aqui. Sempre fui um solitário, mas nunca vivi a solidão como agora, como também o fato de que estou à mercê dos outros. Ou sou somente um estranho. Tenho náuseas da cidade, cheia de gente bem-vestida, com rosto maldoso. Aqui qualquer coisa pode acontecer, e eu não posso contar com ninguém.

Sei que a carta o surpreende, bem como o fato de eu tratá-lo por você, que surpreende também a mim, pois em pensamento sempre o trato por senhor. Sempre. Em casa eu jamais escreveria esta carta, não teria coragem, você estava perto demais, e na verdade eu sempre estive com você, sempre, não 'precisava nem podia' escrever cartas. Agora porém sinto que não vivo sem Você. *Quero* que você fale comigo, que se dirija a mim, com palavras verdadeiramente humanas.

Sem a atual distância entre nós eu jamais confessaria, nem para mim, o que estou cansado de saber, sabia e saberei, que preciso de Você, de seus pensamentos, de seus sentimentos, de sua amizade... Por que não podemos trabalhar juntos? Trouxe o seu retrato, não é vivo, não fala, é apenas um papel brilhante que eu acaricio em vão. Em vão!

Peço que considere o que eu escrevo como uma confissão, esta solidão eu só consigo dividir com Você, toda compaixão me humilharia. Sei que por uma razão secreta, desconhecida para mim, mas muito presente, eu não tenho direito ao amor, posso amar somente com a alma, meu corpo não pode saber e não sabe o que é o amor. Até hoje duvidava se era capaz de amar. Sou. Sou, sou, sou. Você é a única verdade na minha vida. Para onde eu poderia fugir? Agora que falei estou feliz e finalmente livre, e essa liberdade não me dá nenhum direito, não me obriga a nada. Querido, seja grandioso, não se incomode nem se feche. Repito: eu te amo. Veja, a caneta escorregou, foi difícil escrever. Esperei por dez anos.

Você precisa saber, desejo que saiba, não consigo perdê-lo [...] É noite, mas sei que amanhã vou enviar a carta".

Estou lendo-a pela décima vez. Já decorei tudo. Minhas mãos tremem. Sinto medo e júbilo. Vou saber a carta de trás para frente. De cor, de cabeça, de memória. Vou conhecê-la: linha por linha.

uma mulher (94)

Há uma mulher. Ela me ama. Ela nunca fica ofegante. Por que não? É bom estar com ela, mas ela não fica ofegante. Agora é isto que mais me incomoda no mundo, o silêncio, a ausência de som, no fundo só ouço o lamento do meu desejo que sobe aos céus.

uma mulher (95)

Há uma mulher. Ela me odeia. Ela me ama embora tenha medo do meu pau como o diabo da cruz. Assusta-se com ele, a coragem a abandona, entrelaça as mãos, grita e salta sobre a mesa como se tivesse visto um rato. Isso é pior quando temos convidados para jantar. A mesa está posta sempre com bom gosto e criatividade, um longo passador corre entre os pratos, de outras vezes, como um golpe de sabre, um talo de alho-poró de um metro de comprimento corta a mesa em dois. Como na maioria das vezes são amigos que jantam conosco, eles são compreensivos. Esperam por algum tempo, depois, visivelmente se incorpora na mulher o Espírito Santo, eles começam a recolher suas coisas, não raramente levam embora o nosso filho e saem para jantar no restaurante mais próximo. Quando ficamos a sós eu me esforço para acalmá-la, embora ela somente se acalme depois que o rato volta para a toca. Mas às vezes o medo se instala com tanta força que nem isso ajuda. Seja como for, antes da volta dos convidados beliscamos alguma coisa para que a comida não estrague. Quando não temos convidados não fazemos grandes cerimônias, há menos agitação, apenas jantamos mais tarde.

uma mulher (96)

Há uma mulher. Ela me odeia. Não é recatada, coisa que eu aceito, embora não encoraje. Permito que ela me apalpe em público. Esfrega o pé descalço no meu pé debaixo da mesa. Em certas ocasiões aperta, brincalhona, o joelho contra a minha virilha. Ou me morde no pescoço. Eu não olho nos olhos dela, sem ver eu também a apalpo, mexo nela, bolino. Conversa fiada. Não cabe em si. Vou me poupar dos detalhes. Quando acaricio o pescoço dela, seu corpo explode. Muitas vezes ela me leva de carro até o trem de subúrbio para que eu chegue mais depressa à cidade, e se nessa hora eu acaricio seu pescoço, ela imediatamente para no meio-fio, não se importa com as placas, e cai sobre a minha virilha. Em geral não se entende com o zíper, preciso ajudá-la, mas eu também me atrapalho. Sempre me assegura do quanto gosta de me sentir na boca, mas fala como se estivesse magoada. Ao menos parece. A pé eu alcançaria o trem mais depressa.

uma mulher (97)

Há uma mulher. Ela me ama. Gosta de mim cada vez menos, e me deseja cada vez mais. Quando a aperto contra a parede, ela se abre. Não preciso nem me mexer e já me acolhe. Quando estendo a mão para pegar o sal, também acabo pegando nela. No bonde seguramos a passagem juntos. Quando respiro, preciso roubar o ar da sua boca. Um dia encontrei a dentadura dela na minha boca. Sou um ser de outro mundo. Sinto cada vez mais dificuldade para me nomear. Não tenho mais nem escova de dentes própria.

POSFÁCIO Paulo Schiller

Embora seja um país pequeno, que preserva uma língua quase inacessível aos estrangeiros, além dos inúmeros cientistas, músicos, cineastas e fotógrafos célebres, a Hungria conta com uma produção literária invejável. É nesse ambiente que Péter Esterházy, um artesão das palavras e renovador da linguagem do romance, se destaca como o escritor mais importante das últimas décadas. Nomeado oficialmente embaixador cultural de seu país, Esterházy tem mais de trinta livros publicados, foi traduzido em ao menos vinte e cinco línguas e ganhou mais de vinte prêmios literários, entre os quais se destacam o prestigioso Kossuth, em 1996, e o Prêmio da Paz da Associação dos Livreiros Alemães da Feira de Frankfurt, em 2004. Ele é também autor de numerosos ensaios e crônicas que abrangem da literatura à música e da política ao futebol (o esporte é paixão familiar; seu irmão mais novo chegou a defender a seleção húngara na Copa do Mundo de 1986).

Esterházy nasceu em Budapeste em 1950, herdeiro de uma linhagem bem conhecida da aristocracia húngara, cuja história remonta ao século XII. Para termos uma dimensão do que o nome evoca para ouvidos húngaros basta lembrar que Haydn foi o músico da família no tempo do príncipe Nikolaus, e compôs e estreou muitas de suas obras no castelo dos Esterházy, próximo da fronteira entre a Áustria e a Hungria, durante o século XVIII. O pai de Péter agregava ao nome o título de conde, e seu avô, igualmente conde, foi primeiro-ministro do império por alguns meses em 1917. Pela sucessão de antepassados nobres, durante o regime comunista a família perdeu os privilégios, e em 1974 o jovem Péter se formou em matemática – disciplina em que a Hungria produziu muitos gênios. Ele chegou a trabalhar durante alguns anos no Instituto de Informática do Ministério da Indústria e, nesse período, enquanto se deslocava no trem de subúrbio e de bonde, escreveu mentalmente o seu primeiro romance, *Fancsikó e Pinta*, publicado em 1976, que consiste em um ciclo de contos experimentais sobre uma criança e seus amigos reais ou imaginários. O sucesso do livro determinou o abandono das ciências exatas e definiu a trajetória do escritor.

Sua obra mais importante é certamente o monumental *Harmonia Caelestis*, fruto de uma década de trabalho. Em suas mais de 700 páginas na edição húngara, *Harmonia*, que será publicado pela Cosac Naify, se divide em duas partes. A primeira compreende 371 parágrafos que traçam uma visão caleidoscópica dos vários séculos de história da dinastia Esterházy. O protagonista de todos os episódios é identificado sempre como "meu pai", evocado segundo a linguagem e o estilo literário próprios de cada época. A segunda parte, que consiste de duzentos trechos, também numerados, talvez inspirados, parcialmente, em outra obra-prima,

Confissões de um burguês (Companhia das Letras), de Sándor Márai, narra de modo mais convencional o declínio da família, na figura do bisavô, do avô, do pai e do próprio Péter jovem. A mescla entre realidade e ficção em um romance cuja estrutura emerge de uma sucessão de blocos independentes de texto, alguns deles tomados de empréstimo de outros autores, evidencia uma escrita incomum e a intimidade de Esterházy com a música e a matemática. Ao se referir aos anos em que estudou matemática, Esterházy se diz capaz de admirar a beleza estética do universo criado pelos números. Ao mencionar Mozart, Mahler ou Picasso, Esterházy realça a vantagem que levam as notas musicais ou as cores por serem vazias de sentido. Talvez seja o esvaziamento de significado a intenção de Esterházy ao repetir a palavra pai em *Harmonia Caelestis*. Acontece o mesmo com o "ela me ama" e o "ela me odeia" em *Uma mulher*: a dissolução progressiva do sentido habitual de *amor e ódio*. Em uma entrevista na New York Public Library lhe perguntaram se ele não desejava em última instância a aniquilação das conotações ilustres de seu próprio sobrenome. Ao responder, Esterházy disse que talvez aquela fosse a pergunta mais interessante que já lhe havia sido feita.

Uma mulher inclui uma multiplicidade de referências a outros autores, personagens de livros e figuras históricas. Exemplos da história são Lajos Kossuth, um dos líderes do movimento fracassado que pretendeu implantar o regime parlamentarista na Hungria na rebelião de 1848 contra os austríacos; e János Kádár, que foi alçado pelos russos à presidência do Partido Comunista após o esmagamento da revolução de 1956 e se manteve no poder até a queda do regime em 1989. Entre as alusões literárias se destacam Sándor Petöfi, poeta nacionalista, Frygyes Karinthy, escritor satírico, e Deszö Kostolányi, prosador célebre. Esterházy também menciona Mór Jókai e Gyula Krúdy. Segundo Esterházy, Jókai narrou a Hungria real e Krúdy criou a Hungria onírica em que Szindbád, personagem de centenas de contos, viaja por uma paisagem irreal. Tal Esterházy em *Uma mulher*, os livros de Krúdy, como *O companheiro de viagem* (Cosac Naify, 2003), exploram o enigma do feminino. Se Jókai foi o retratista da realidade e Krúdy o navegador dos sonhos, Esterházy talvez seja o explorador das possibilidades da linguagem. Por ser uma língua aglutinante, o húngaro propicia a montagem de palavras de extensão interminável por meio da justaposição de uma infinidade de prefixos e sufixos. Esterházy leva ao limite essa espécie de artesanato, caminhando muitas vezes em sentido contrário. O jogo de repetições e de contrações em *Uma mulher*, a partição das palavras, o esvaziamento de sentidos, diluem a precisão de que o húngaro tanto se orgulha pela plasticidade ilimitada da língua.

Esterházy, segundo suas palavras, terminou o *Harmonia*, a narrativa épica sobre a família e o pai em janeiro de 2000, cansado e feliz. Enquanto escrevia o livro, a consulta aos arquivos da ditadura havia sido liberada e alguns meses antes ele decidira saber o que havia nos documentos secretos acerca dele e de seus familiares. O esperado descanso depois da finalização de *Harmonia* não durou mais que duas semanas: o responsável pelos arquivos mandou dizer que desejava lhe falar. Esterházy pensou que o funcionário seria um esnobe que inventava um pretexto para tomar um café com um escritor famoso. No início do encontro entre eles o constrangimento do homem parecia confirmar as suspeitas do escritor. Porém, ao abrir uma das pastas indicadas pelo funcionário, Esterházy reconheceu a caligrafia inconfundível do pai. Descobriu, horrorizado, que o pai havia trabalhado como informante da polícia secreta entre 1957 e 1980. Esterházy conta que se sentiu em meio a um pesadelo em que ele mergulhava em lama. O desprezo inicial pelo pai foi temperado aos poucos pela constatação de que a história é mais forte que o homem, mesmo nos regimes democráticos.

Assim, em 2002 Esterházy publicou *Edição revista*, uma narrativa do processo pessoal de elaboração da descoberta das atividades escusas do pai, mesclada com extratos dos relatórios feitos por ele às autoridades e a uma reflexão renovada sobre trechos do próprio *Harmonia*.

Quando finalizava a tradução de *Uma mulher* eu escrevi a Esterházy para resolver alguns impasses referentes a expressões vulgares, a jogos de palavras e a certas alusões obscuras ou inventadas. Ele recomendou mais de uma vez que eu me concentrasse menos na literalidade da tradução e mais na preservação do ritmo e da fluência do texto. Enviou exemplos de soluções encontradas nas versões para o alemão e o inglês, e longas listas de dúvidas formuladas por tradutores de outras línguas. Evidenciava em suas respostas o que escreveu em um de seus ensaios mais conhecidos, *Sobre a vida extraordinária das palavras*: ele jamais se interessaria pelas ruminações de uma mulher em um vilarejo do interior da França; porém, o modo como compreensão articulou as palavras que contam a história de Emma Bovary criou uma melodia que nos leva a acreditar que a história dela diz respeito a cada um de nós. Conheci Esterházy em uma tarde chuvosa de inverno em Budapeste. Ele marcou o encontro em um café da praça Franz Liszt, em uma região elegante da cidade. Cheguei antes e quando disse à recepcionista que tinha um encontro com o autor notei de imediato a deferência com que passei a ser tratado. Pouco depois ele entrou, um homem de meia-idade, vestindo um sobretudo preto que escondia toda a sua figura, em que se destacava, emoldurando os olhos claros e sorridentes por trás dos óculos, uma cabeleira abundante, quase toda branca, que lembrava as imagens da juventude do compositor que dava nome à praça.

Esterházy pediu um chá e logo quis saber como eu aprendi a língua e se interessou pelo meu percurso como tradutor. Depois da apresentação inicial, em que me empenhei para não misturar palavras em português ao meu húngaro, eu lhe fiz algumas perguntas acerca da situação política na Hungria: expressei a minha inquietação com o ressurgimento de movimentos nacionalistas de cunho racista em um país em que a aliança com a Alemanha durante a Segunda Guerra e o breve governo dos fascistas húngaros no final do conflito não deveria ser motivo de orgulho para os historiadores *magyares* contemporâneos. Quando Esterházy começou a formular a resposta, vi surgir à minha frente o intelectual centro-europeu clássico, proprietário de uma cultura abrangente e sólida que soa natural como é natural para nós o ato de respirar, uma vez que é fruto da reflexão imposta pela experiência das guerras, da ocupação, das deportações, das duas ditaduras que subjugaram o país em uma região que ao mesmo tempo abrigou a vanguarda da cultura europeia. Como diz Lévinas, essas pessoas conquistaram, sob os olhos vigilantes dos carrascos, a liberdade plena: descobriram a diferença entre ter e ser. Na fala de Esterházy emergiu também o homem que ao receber a premiação na Feira de Frankfurt ressaltou que os europeus se acomodaram em atribuir aos alemães, que reconheceram seus feitos como crimes, os sofrimentos da guerra e acobertaram assim a cumplicidade de outras nações e nacionalidades que contribuíram para a tragédia. Esterházy disse um dia que, por um lado, os regimes de direita afirmaram que havia diferenças entre os homens, e, para que sobrassem apenas os iguais, exterminaram milhões de pessoas, e de outro, os regimes de esquerda, defensores da tese de que todos os homens eram iguais, fizeram o mesmo. Esterházy discorreu longamente sobre a universalidade da estupidez humana e falou com carinho e reconhecimento sobre seu amigo íntimo, Imre Kertész, cuja obra é toda ela uma tentativa desesperançada de compreender o Holocausto. Para Esterházy, todo escritor, ainda que não seja dos melhores, tem algo relevante a nos dizer. Segundo ele, Kertész sabe nos falar do sofrimento de um modo único, em um mundo que paradoxalmente acha extraordinária não a matança acontecida nos campos, mas a capacidade de sobreviver a ela. Em nossa conversa, ao elogiar Kertész, Péter revelou também grandeza e generosidade: para alguns compatriotas, o Nobel de literatura concedido a Kertész em 2002 não foi um prêmio para um escritor húngaro, mas para um escritor judeu. Para muitos, Esterházy seria o candidato mais óbvio.

Em seguida, Esterházy disse que queria me dar alguns de seus livros e me convidou a visitar a livraria da esquina próxima, ponto de encontro habitual de escritores. Quando entramos, acontecia uma movimentada sessão de autógrafos. A fila de convidados que esperavam para ter seus exemplares assinados se desfez e todos vieram cumprimentar Esterházy. Seguindo o gesto dos demais, o autor homenageado se levantou da mesa decorada com flores e forrada de taças de vinho e se infiltrou no círculo excitado que rodeou o escritor famoso.

Foi também pela presença de Péter que eu obtive um livro esgotado cujo único exemplar restante estava reservado para alguém. A atendente não hesitou em entregá-lo a mim, juntamente com os livros de Péter com os quais o próprio autor me presenteou. A cena, de certa forma cômica, da dissolução temporária da noite de autógrafos e da agitação das vendedoras da livraria, traduz bem o prestígio de Esterházy em um país em que os grandes escritores são verdadeiros ídolos, ainda que nem todos os admiradores os tenham compreendido.

Capa: imagens do projeto "Caixa de sapato", da Cia de Foto, refotografadas por **Elisa von Randow**

Coordenação editorial **Emilio Fraia**

Projeto gráfico **Elaine Ramos**

Composição **Gabriela Castro**

Preparação **Julia Bussius**

Revisão **Isabel Jorge Cury e Raul Drewnick**

Nesta edição, respeitou-se o novo Acordo Ortográfico da Língua Portuguesa

Dados Internacionais de Catalogação na Publicação (CIP)
(Câmara Brasileira do Livro, SP, Brasil)

Esterházy, Péter [1950-]
Uma mulher: Péter Esterházy
Título original: Egy nő
Tradução: Paulo Schiller
São Paulo: Cosac Naify, 2010
184 pp.

ISBN 978-85-7503-887-1

1. Romance húngaro I. Título

10-00592 CDD 894.511

Índices para catálogo sistemático:
1. Romances : Literatura húngara 894.511

COSAC NAIFY
Rua General Jardim, 770, 2º andar
01223-010 São Paulo sp
Tel. [55 11] 3218 1444
www.cosacnaify.com.br

Atendimento ao professor [55 11] 3218 1473

fonte **Chronicle** papel **Pólen Soft 80 g/m²** impressão **Geográfica** tiragem **3 000**